言葉は君を傷つけない

夏凪空

双葉文庫

会話や、言葉の適用、解釈は流れている。そしてこの流れの内においてのみ、言葉はその意味をもつ。
「彼は旅立った。」――「なぜか。」――あなたが「なぜか」という言葉を言ったとき、何を意味していたのか。あなたは何を考えていたのか。

ウィトゲンシュタイン「断片」より

目次

言葉は君を傷つけない

第一章　グルメブロガーの表と裏

子どもの頃から俺は、言葉というものを扱うのが怖かった。

できれば手放して生きていきたいが、人生、そう上手くはいかないものだ。

新卒時の就職活動で広告代理店の内勤を希望したにもかかわらず、営業職として採用されて、早くも一年半が経とうとしている。

仕事にはどうにか慣れてきたが、営業成績のグラフの推移は地を這う虫の軌跡のごとしだ。というのも、俺には営業に向かない決定的な理由がある。

それは——。

「君ね、大事な話をしているときくらい、人の顔をちゃんと見た方がいいよ」

営業先の飲食店の店長は、大きなため息をついた後にそう言った。空いている客用の個室に通され、商談を始めてからまだ五分と経っていない。

俺が勤めている会社は情報誌を発行している小規模の広告代理店で、俺は入社時からずっと求人誌を担当している。色々な店に声をかけ、求人広告の提案をし、広告を出した後は効果の確認やアフターフォローも行う。

店に飛び込み営業をかけることは少なく、だいたいは電話で事前に商談のアポをとる。ここのところテレアポを断られてばかりで、ようやく商談を受け付けてくれたのが、今目の前にいる『変わり種寿司・See《シー》 Sue《スー》』の店長さんだ。

それなのに、俺は彼の顔を見ることができない。

俺は人と目を合わせてはいけないのだ。

「悪いけど、人の顔をまともに見れないようなやつは信用できない。帰ってくれるかな」

「は、はい。お忙しいところ失礼いたしました」

具体的な話をする前に断られたのは、さすがに初めてだ。席を立とうとしたが、その態度が余計に店長を刺激してしまった。

「何？　帰れと言われたからって本当に帰ろうとするわけ？　君、言葉の裏の意味とか読めないタイプでしょ。コミュニケーション能力に欠陥があるんだ。とてもじゃないが営業としてはやっていけないよ」

店長の言葉のとげが鋭くなってゆく。あぁもう、うっとうしい。

わかっていたさ、帰ってくれという言葉の真意くらい。そう言えば俺がすぐに態度を改め、目を見て商談を始めるとでも思ったのだろう。だが、それは無理な話だ。俺が人の目を見ようとしないのには、明確な理由がある。

それなのに、怒りに駆られた俺は反射的に店長の顔を睨んでしまった。

店長と目が合って一秒、二秒、三秒――頭の中にある言葉が浮かび上がる。

《どうしてこの店は普通の寿司を出さないんですか》

なるほど、そういうことかと俺は一人で納得する。

俺は人と三秒間目を合わせると、その人の最も言われたくない言葉がわかる。

店長から目を逸らしてうつむくと、個室のテーブル上に置かれたメニューが視界に入る。さまざまな変わり種寿司を提供するこの店の看板料理は、マグロの刺身を薔薇の花びらに見立てたブーケのような鉄火丼や、透明なグラスの中にネタとシャリを層状にして盛り付けた「寿司パフェ」など、SNS映えする色鮮やかなものばかり。

その店の主の最も言われたくない言葉が《どうしてこの店は普通の寿司を出さないんですか》。

理由はおぼろげに察しがついた。もうここに来ることはないだろうと思いながら、俺は店を後にする。

九月に入り、夏も終わりに差し掛かろうとしているにもかかわらず、今日はうだるような暑さだ。屋外の駐車場に停めていた社用車のフロントガラスには、青空と入道雲が映っている。

車に乗り込もうとしたとき、俺と同じタイミングで店を出てきた客の話し声が耳に入った。オフィスカジュアルを着こなした大人の女性二人組だ。

「期待してたほど美味しくなかったよね」

「せっかく午後休とって遠出してきたのに。まぁ、料理の写真撮れたからいいんだけど」

客の会話を聞いて、俺の推測は確信に変わった。

店長は自分の料理の味に自信がないのだろう。自分が正統派の寿司を出しても商売が成り立たないとわかっているから、変わった寿司しか出そうとしないのだ。だからこそ《どうしてこの店は普通の寿司を出さないんですか》と質問されることを何より恐れている。

また、この店はＳＮＳ映えする料理を売りにしているようだが、料理の見た目にこだわる店は最近どんどん増えてきている。見た目と味を両立できている店も多い中、見た目だけで勝負することは今後厳しくなるだろう。

俺を罵ったあの店長に向かって《どうしてこの店は普通の寿司を出さないんですか》と言ってやってもよかった。けれど、それをしたところで何になるというのだろう。俺の能力は俺にとっても、他人にとっても害でしかないのだ。


先程訪れた『Ｓｅｅ Ｓｕｅ』は国道沿いに位置していたが、次の目的地は町中の商店街の一角にある。近くの駐車場に社用車を停め、目的の店まで商店街の中を歩いた。

近年は各地の商店街で店じまいが相次ぎ、いわゆるシャッター通りが増えつつある中、この商店街はほとんどの店が営業中である。昼時の今は買い物に来た主婦達が多いが、夕方頃には近くの高校に通う生徒達も訪れて賑わっていると聞く。豆腐屋や喫茶店などの個人店から、チェーン店のコンビニ、電器屋など、店の種類も幅広い。

訪れたのは頻繁に広告を発注してもらっている個人経営の居酒屋『大丈夫《だいじょうぶ》』だ。前回の広告を出してから一週間ほど経ち、実際に広告を見てどのくらいの人が求人に応募してきたのかという反響を確認するための訪問だった。

店名入りの半のれんをくぐって中に入ると、頭に白いタオルを巻いた店長が俺を迎え入れる。

「徳田《とくだ》くん、いつもお疲れ。よかったら一杯飲んでく？」

「ええと……さすがに遠慮しておきます。それと晩飯にここの餃子を食べたいんで、後で生餃子一パック買わせてください」

「相変わらず真面目だねぇー」

タオルからはみ出した店長の髪はほとんど白髪で、俺の親と同じくらいの年齢なのに、若者みたいにけらけらと軽やかに笑う。

この店はランチタイムも営業しているが、メインとなる居酒屋メニューが出されるのは夕方以降であるため、今の時間帯は客の入りも落ち着いている。

店の内装は一言でいうとレトロな大衆居酒屋だ。調理場を囲うコの字型のカウンター席があり、壁際には二人から四人掛けのテーブル席が並んでいる。

俺はカウンター席の端に案内された。店長が酒の代わりに冷たいお茶を出す。

「求人の応募は、その後いかがですか」

「おかげさまで良いスタッフが来てくれましたよ」

いい人材が集まるのは広告のおかげというより、店長の人柄がゆえではないだろうか。

この店とうちの会社の付き合いは二年前から続いており、最初に受注を獲得したのは俺の前任の先輩だ。先輩からはいくつかの店の担当を引き継いだが、前の担当者の方がよかったと面と向かって言ってくる人もいた。そんな中、ここの店長は新人の俺に対しても常に温かい態度で接してくれた。

『人の目を見ない人は、他人の領域を侵害しようとしない、奥ゆかしい人だよ』

目を見て話すことのできない俺に店長がかけてくれた言葉は、今でも忘れられない。

店長にはいつか何らかの形で恩を返したい。などと、ぼんやり考えていると、急に後ろのテーブル席の方で声がした。

「おい、店長！　ちょっとこっちに来い！」

声の主は大学生くらいの若い男の客だった。四人掛けのテーブル席をたった一人で陣取っているが、身体が大きいため席が狭く見える。肩に触れるくらいまで伸びた髪を限りなく金に近い茶色に染め、耳にも鼻にもピアスをしている。

「浩然《ひろのり》くん。そんなに大きな声を出さなくても、ちゃんと聞こえてるよ」

「これ見てくれよ、親子カツ丼に髪の毛が入ってたんだ」

「ああ……それは申し訳ない。作り直しかお代無料で対応させてくれるかい」

「じゃあ、代金無料で。もうほとんど食っちまったから、作り直されてもこれ以上食えねーし」

いつも穏やかで丁寧な物腰の店長なのに、ずっと年下の彼に対して、妙なぎこちなさを見せている。しかし同時に、古くからの友人であるような親しさも垣間見えた。

そろそろ退出しようかと思っていたが、男の正体が気になる。男が料理を完食し、トイレに立った隙を狙って、店長に彼が何者なのか尋ねてみた。

「浩然くんはこの辺りで有名なグルメブロガーだよ。ｈｉｒｏという名前で活動を始めたのは約三年前の大学一回生のときで、今は四回生だ」

店長の話によると、ｈｉｒｏはグルメブロガーであると同時にラッパーでもあるらしい。飲食店をイメージしたラップの歌詞をブログに書き、さらに自ら歌った動画も公開しているとか。

「かなり斬新ですね」

「変わり者にも見えるが、真面目な子なんだよ。彼が最初にこの店を訪れたのはブログを始めて間もない頃だった。親子カツ丼を気に入ってくれて、是非この店のことをブログに書かせてほしいと許可を求めてきた。目をキラッキラに輝かせながらね。以来、店の常連さんだ」

親子カツ丼はこの店の名物メニューだ。

カットしたチキンカツを、衣が柔らかくふやけるまで出汁で煮た後、卵でとじる。カツ丼のボリュームと鶏肉のヘルシーさを併せ持ち、老若男女問わず多くの客から愛されている。

ブログの記事にすることについて店の許可を得ようとするあたり、ｈｉｒｏは確かに真面目なのだろう。しかし、そう思っていた矢先、俺はあることに気づいてしまうのだった。

店長がｈｉｒｏの席から配膳盆を下げて戻ってくる。器に入っていたという髪の毛が盆の上に載っているが、ｈｉｒｏと同じような明るい茶髪だ。店長のものではないのは明らかだし、スタッフについては髪色自由らしいが、一定のトーン内に抑えることを努力義務にしていると聞いていた。

気づかないふりを決め込むこともできた。しかし、盆を持って厨房に向かう店長の寂しそうな背中を見ていると、どうにももどかしくなり、つい声をかけてしまった。

「店長。もしかして……」

俺の言葉を制止するかのように、店長が振り向いた。

振り向きざまの店長と目が合い——俺の能力が発動するための、三秒が経ってしまう。

《hiroが自分の髪の毛を料理に入れたんじゃないですか?》

頭に浮かんできた店長の最も言われたくない言葉は、今まさに俺が言おうとしていた言葉と完全に一致していた。

hiroはおそらく、お代無料を狙って、わざと自分の髪の毛を料理に入れたうえでクレームをつけたのだ。店長も気づいているようだが、それを表沙汰にしたくない事情があるのだろう。

これ以上は何も言えないなと思い、店を出ようとしたとき、偶然にもトイレから戻ってきたhiroと鉢合わせになった。

意図せず目が合い、hiroに睨まれるようにして三秒が経つ。

《今大人気のグルメブロガーさんですよねっ!》

「え?」

ｈｉｒｏの最も言われたくない言葉が意外すぎて、思わず声が漏れてしまった。ｈｉｒｏはますます不愉快そうに顔をしかめる。

「あ、す、すみません。失礼します」

逃げるように店を出たが、もやもやした気分は消えなかった。今大人気のグルメブロガーというのは、普通に考えれば良い意味にしかとれない言葉だ。俺の能力でこんな言葉を見いだしたのは初めてのことだった。

他にもいくつかの店を回った後に帰社し、諸々の作業を片付けて退社したのが午後九時。今日は早い方だな、なんて平然と思ってしまうのは、心身の感覚が麻痺しているからに他ならない。最近は連日の終電帰りでも、疲れを感じることすらできなくなっている。

一人暮らしをしているアパートの部屋に帰り、電気をつける。

六畳のワンルームは、多忙な社会人の一人暮らしにしては片付いている方だと思っている。というか、そもそも散らかるほど物を置いていないのだ。キッチンスペースを除けば、置いてあるのはベッドにテーブル、タンス、テレビくらいのもの。テレビはなくてもいいかとも思ったが、職場や営業先での雑談についていくためだけに購入した。社会人の雑談の多くは、天気や時事ネタ、野球などのスポーツ観戦、ドラマ、競馬、そして家庭のこと。家庭を持っていない俺には、テレビからの情報収集が必須なのだ。

床に仕事用鞄を置こうとしたとき、中でスマホが振動した。

確認すると、兄が電話をかけてきたようだった。

「もしもし」

『あっ！　悪《わり》ぃ、スマホの電話帳を整理してたら、誤操作でかけちまった！』

「………」

兄はこんな感じで何かと口実を作り、週に一回は俺に電話してくる。兄の他に親しい家族も友人もいない俺の身を案じての、生存確認のつもりなのだろう。俺と違って兄は人好きで、面倒見が良すぎる性格なのだ。仕事は国語の教師をしており、今日俺が訪れた商店街のすぐ近くに勤め先の高校がある。

『ちゃんと飯は食ってるのか』

「子ども扱いすんなよ。ジン兄《にい》、俺と一つしか歳変わらないだろ」

『俺とヨシでは精神年齢が全然違うんだよ』

兄の本名は仁史《ひとし》、俺は義孝《よしたか》という。一緒に暮らしていた子ども時代からの名残で、今でも「ジン兄」「ヨシ」と呼び合っている。幼い頃に両親が離婚し、別々の親――兄は母、俺は父――に引き取られて育ったが、兄の俺に対する態度は昔から全く変わっていない。話し好きで、世話焼きで。

「ちゃんとやっていけてるよ。今から晩飯に餃子焼いて食べるところだし」

完成品を買ったのではなく、あくまで自分で焼いて食べるのだということを、少し強調して言ってやった。あの居酒屋では色々あって生餃子を買いそびれたが、代わりに近所のスーパーで買ったのだ。

居酒屋で出会ったｈｉｒｏというグルメブロガーを思い出す。目が合ったときに、俺の能力で彼の最も言われたくない言葉を知ってしまった。

《今大人気のグルメブロガーさんですよねっ！》

あれは本当に、どういうことなんだろう。

「なぁ、ジン兄」

『んー？』

「ジン兄は勤め先の高校で生徒達から大人気なんだよな」

兄は一瞬沈黙した後、嬉しさを隠しきれない様子で『え？　えー何だよ急に』と声を弾ませる。電話の向こうでニヤけている表情が目に浮かぶようだ。

『困ったもんだよ。俺の方から頼んだわけじゃないのに、夏休み明けに旅行とか合宿のお土産を山ほど貰っちまってさ。食い切れないから、今度お前にも分けてやるぜー』

「いや、いい……」

話を振ったことをちょっと後悔したが、ある意味予想通りの反応だった。兄のように浮かれすぎる人は稀だとしても、やはり通常、人気者と言われたら悪い気はしないはずだ。

だが、ｈｉｒｏはそれを嫌がっている。同じ言葉でも、立場が違えば全く違う意味を持つということなのか。

「ジン兄、ｈｉｒｏっていうグルメブロガー知ってるか？」

兄に尋ねてみたところ、もちろん知っていると即答された。俺が流行に疎いだけで、この辺りでは知らない人の方が少ないのかもしれない。

『うちの生徒達なんて、行事の打ち上げの店を決めるときに、ｈｉｒｏのブログを参考にしてるみたいだし。文化祭でｈｉｒｏ風にラップを作って模擬店の宣伝をしてたやつらもいる』

そう言われると、どんなものか興味が湧いてきた。一度ブログを覗いてみようと、電話は繋いだままで画面を切り換え、ネットで検索をかける。

ブログはすぐに見つかった。トップ画面上部のプルダウンから月別アーカイブを表示すると、一ヶ月につき三十本ほどの記事を投稿しているようだった。平均すると一日一回、何らかの飲食店の紹介ラップを作っていることになる。

初期の記事を探っていったところ、居酒屋『大丈夫』の親子カツ丼を紹介するラップの歌詞が表示された。

煮汁が染み込むチキンカツ
出汁は何か知らんが染み入る味
いい気分で噛みしめながら
目に浮かぶ親子の熱い絆
不機嫌と不安を背負《しょ》い込む親父《オヤジ》
甘ったれの我が子に飛ばすヤジ
いつ受け継がれるのか親子の味
ときには休息とるのも大事
……

ところどころ韻を踏んでいるのだろうなということくらいは、素人目にもわかる。ただ、全体的な雰囲気は何ともいえずシュールというか、ラップとしての完成度がどれほどなのかは見当もつかなかった。

「よくわからないけど、本当にこれが大人気なのか？」

『ああ。特にうちの生徒達みたいな、十代の若い子にはウケてるらしい』

通話を続けながら流し読みしたところ、歌詞は親子カツ丼から親子の絆へとテーマを広げているようだ。そして店長から聞いていたとおり、記事の最後にはhiroが自分で歌った動画も載せられていた。

『まぁ、ラッパーとしては実力が人気に伴っていないって言ってるアンチもいるようだが』

ラッパーとしての実力はそれほどでもない。人気が出たのは、飲食店をテーマにラップを作るという発想力の勝利か。

『ていうか、どうしてそんなにhiroのことを気にしてるんだ？』

兄に居酒屋でhiroを見かけたことや、そのときの彼の言動を全て話した。彼がおそらく自らの髪の毛を料理に入れたうえでクレームをつけ、店長が見て見ぬふりをしたことも。

『そりゃお前、当たり前だろ。飲食店はそういうとき、基本的に客を疑っちゃいけないんだ。相手が人気グルメブロガーなら、なおさら揉め事を起こすわけにはいかない』

兄が言うには、ブロガーにも色々な人がいる。客観的な視点で記事を書く人もいれば、些細なことで気を悪くして、その店を酷く批判する人も珍しくない。影響力のあるブロガーであればあるほど、店側からすれば、他の客以上に気を遣わざるを得ないのだ。

『ｈｉｒｏはブログの他にＳＮＳも運用していて、フォロワーの数は一万人以上。他の人気ブロガーとの交流も盛んに行っているから、彼を敵に回したときのリスクを考えると、店側も弱腰になるってことさ』

兄の話から考えると、ｈｉｒｏは店長が注意してこないだろうと高をくくって、自らの地位を利用する形で迷惑行為を行ったということか。

ｈｉｒｏのＳＮＳを見てみると、一つの投稿に何十個という「いいね」やコメントがついている。さらにはネット上の交流にとどまらず、グルメブロガーが集うオフ会のようなものも頻繁に開催しているようだ。

「ｈｉｒｏが凄いということはよくわかった。けど、もう一つ気になったことがあるんだ」

兄に、ｈｉｒｏの最も言われたくない言葉を知ったことについて話をした。俺が能力のことを打ち明けているのは兄一人だけなのだ。

そして兄の方も、俺と似たような、けれど正反対の能力を持っている。

『ｈｉｒｏの最も言われたくない言葉が《今大人気のグルメブロガーさんですよねっ！》か……。よし、それじゃ俺の能力を使って、やつの最も言われたい言葉を調べてみるよ』

兄は俺と逆で、相手と三秒間目を合わせることによって、その人の最も言われたい言葉がわかる。

俺達の能力は生まれ持ったものではない。両親の離婚後、それぞれきっかけとなる出来事があって後天的に得たものである。

「どうやってｈｉｒｏに会うつもりだよ」

『ｈｉｒｏが開催してるオフ会、先着順で人数制限はあるけど、グルメやブログに関心のある人なら誰でも参加できることになってる。上手くいけば、やつに店での迷惑行為をやめさせる手がかりが得られるかもしれない』

あの店長のような、ｈｉｒｏの被害者を増やさないために能力を使おうというのか。世話好きの兄らしい考えだ。

『お前の方は相変わらず、普段は能力を使わないようにしてるのか？』

「そうだよ」

『勿体ないなぁ。せっかく得た力を、どうして世のため人のため、ときには自分のために使わないのか、俺にはさっぱりわかんねーや』

兄は俺と違って、日常生活においても能力を上手く活用しているようだ。相手の最も言われたい言葉がわかれば、落ち込んでいる人を慰めたり、励ましたりすることは難しくないのだろう。

だけど俺の能力は違う。

「俺はジン兄とは違うんだ。放っておいてくれ」

思わず声を大きくして突っぱねると、一瞬スマホから兄の気配が消えた。しかしその直後、再び話し出した兄は、先程よりうんと穏やかな声をしていた。

『まぁ確かに、お前の力は俺のよりも使いどころが難しいかもな。だけど、あまり思い詰めるなよ』

通話を終えると、部屋の中は再び静かになる。さっきみたいに感情を表に出したのはいつ以来だろう。悔しいが、兄と電話する時間だけ、俺は人間らしくいられるような気がする。

兄と電話した翌日頃から、職場はさらに慌ただしくなった。九月の祝日の関係上、印刷所に前倒しで入稿する必要があるからだ。

広告の原稿を持って、制作部のデザイナー・林部《はやしべ》智佐《ちさ》に声をかける。

「この原稿のデザイン、今週中に頼む」

デスクに向かっていた智佐が、回転椅子をくるりと回して振り返る。

「ったく、いつも人使いが荒いんだから。こんな会社さっさと辞めて、一日でも早く独立したいものだわ」

智佐はうちの会社の制作部に所属するグラフィックデザイナーだ。高校を卒業後、デザイン系の専門学校に二年通い、俺と同じ時期に入社した。

現在二十二歳という若さだが、仕事が早い上に、完成した広告のデザインは取引先からの評価も高い。一方で、社会人としての振る舞いはどうなのかと社内では時々囁かれていたりもする。同期の俺に対してだけではなく、先輩や上司が相手でも敬語を使わない。

本人も本人で、自分に会社勤めは向いていないから、ある程度の実務経験を積んだら独立したいと公言している。

「いつも急かして悪いな」

「もう慣れっこだから何とも思わないわよ。その代わり、繁忙期が終わったら何か美味しいもの奢ってよね」

不機嫌な野良猫みたいな目でじろっと睨まれて、苦笑いしてしまう。けれど智佐は、兄とはまた別の意味で、俺にとって特別な存在だった。

智佐に睨まれ、目が合ってから確かに三秒が過ぎた。が、俺の頭には彼女の最も言われたくない言葉が浮かんでこない。これは今に限ったことではない。理由は不明だが、何度目を合わせても、彼女には俺の能力が効かないのだ。

「じゃあ再来週あたり、仕事終わりに飯行くか。何か食べたいものあるか？」

「お店は任せるわ。いつも営業で色んなところに出向いてるんだから、詳しいでしょ」

以前にもこんなやりとりを経て食事に行ったことがあったと思い出す。店選びは任せると言っておきながら、いざ連れていくと「あまり私の好みじゃない」とぶった切られた。しかも店員の見ている前で。

二度と同じ過ちは犯すまい。

「わかった。三つくらい候補考えてメールで送るから、その中から選んでくれ」

「りょーかーい」

食事の約束を済ますと、智佐はこれ以上話すのは時間の無駄と言わんばかりにデスクの方に向き直る。

一心不乱に作業する彼女の後ろ姿を見ながら、やっぱり会社員らしくないなと思う。段の入ったボーイッシュなショートウルフヘアは良しとして、首から下はノースリーブの真っ赤なワンピース。冷房対策なのか黒いカーディガンを羽織っているが、袖に腕を通すのではなく、肩にかけて袖の部分を前で結ぶいわゆるプロデューサー巻きだ。他の社員と比べれば明らかに浮いている。

仕事はできるが空気が読めず、唯我独尊。これが社内での彼女の評価だ。

だけど俺は、他の人とは一緒に食事に行きたいと思ったこともないが、智佐となら行ってもいいと思ってしまう。

目を合わせても能力が発動しないからという理由だけではない。俺は彼女といるのが楽なのだ。

繁忙期が終わった九月末には、夏の名残もなくなっていた。

俺の出した店の候補の中から智佐が選んだのは、なんとあの居酒屋『大丈夫』だった。

現地集合にしていたので、テーブル席をとって智佐が来るのを待った。夜の時間帯に訪れるのは久しぶりだ。日中と比べ客の多さに圧倒され、必要以上にきょろきょろと店内を見渡してしまう。

「ん？」

視界の上部に何かが映り、俺は店の天井に目をやった。電球とは別に丸い突起のようなものが点々と設置されている。

「防犯カメラか……？」

もしそうなら、ｈｉｒｏが自分の髪の毛を料理に入れたときの様子も撮れているのではないだろうか。彼がいくら人気ブロガーとはいえ、決定的な証拠となる映像を突きつければ、迷惑行為をやめさせるのは簡単なのでは――？

「お待たせ」

智佐が現れたので、いったん考えるのはやめることにした。無地のワンピースにプロデューサー巻きのカーディガンという、いつもの出社スタイル。デザイナーという職業柄、服装にもこだわりがあるのかもしれない。

だからこそ、彼女がお洒落な店ではなくこの居酒屋を選んだことが、俺にとっては意外だった。

「この店の親子カツ丼は、人気グルメブロガーのｈｉｒｏも宣伝してて——」

「すみませーん、生ビール二つと、鯖の燻製と、あとマグロ納豆をくださーい」

智佐は店員を呼びつけ、俺のオススメなんて完全に無視して好き勝手に料理を注文する。

「私、肉より魚派だから」

「あ、そう……」

「それに私、人気とか評判とか一切当てにしないから」

ビールと料理が運ばれてくると、智佐は乾杯をしようともせず、マグロ納豆の上に載った卵の黄身を箸の先でつついて割ってしまった。

俺も智佐に続いて一口食べてみる。納豆はあまり好きではないのだが、ごま油の風味のおかげか臭みもない。小さめのぶつ切りにされたマグロと一緒に口に入れると、とろみのついたユッケのようで美味しかった。

智佐の選んだマグロ納豆も鯖の燻製も、店の主力商品ではなく、メニューの端の方に小さな文字で書かれている料理だ。

「本当に人気や評判は気にしないんだな」

「そうよ。だって人気って、とても表面的で、刹那的なものだから」

智佐はジョッキに半分以上残っているビールを一気に飲み干す。一瞬のうちに顔が赤くなり、いつもより饒舌《じょうぜつ》になる。

「例えばうちの営業部長、社内では皆から『当社の武田信玄』とか言われて持ち上げられてるけど、本当に全員がそう思ってるとは限らないじゃない。心の中では嫌ってるのに、皆の言うことに合わせてる人だっていると思うわ」

「それ絶対社内で言うなよ」

智佐の言いたいことはわかる。皆が皆、営業部長のことを心から慕っているわけではないだろう。

けれど仕事を上手く回すため、あわよくば自身の評価を上げるため、上司の気分が良くなるような言葉をかける。人気者に仕立て上げる。うちの会社だけではなく、人が集まる場所においては当たり前のように行われていることだ。

そういったことに耐えられないなら、智佐は会社勤めはおろか、独立して働くことも厳しいのではないかと思う。

智佐自身もそれに気づいているのか、どこか寂しげに目を伏せてこう呟いた。

「私はたぶん、言葉というものを全く信じてないのよ」

一瞬、酔いが醒めるようにして、ある考えが頭をよぎる。

智佐に俺の能力が通じない理由。それは彼女が言葉を信じていないからなのか。信じていないから、彼女には言われたい言葉も、言われたくない言葉も存在しないということなのか……？

「ちょっと、何人の顔をじろじろ見てんのよ」

「え？　い、いやその」

顔を上げた智佐と目が合い、あっという間に三秒が経つ。が、やはり彼女の最も言われたくない言葉は頭に浮かばない。

今は深く考えないでおこうと、話題を変えることにした。

「ここの親子カツ丼は人気だけじゃなくて味もいいぜ。一度試してみろよ」

「嫌よ。夜に脂っこいもの食べたら太るじゃない。それに私、卵は一日一個だけって決めてるの」

「大丈夫だって。マグロ納豆に載ってたのは黄身だけだし、俺と半分こしたたし」

がらにもなく強引になったのがいけなかったのか、智佐はビールのおかわりを注文してすぐトイレに立ってしまった。

「徳田くんも隅におけないね」

残った料理をつまみながら、一人でちびちび飲んでいたところに声をかけられた。ビール入りのジョッキを持った店長だった。

「彼女はただの会社の同期ですよ」

「そうなのかい。だけどお似合いに見えたよ。こんなにリラックスした徳田くんを見るのは初めてだ」

「店長は仕事してるときの俺しか知らないじゃないですか」

店長に冷やかされ、とっさにそう言い返した。けれど、実際には仕事の場以外においても、気が置けない相手なんてほとんどいないのが現状だ。

「彼女と幸せな家庭を築けるよう願ってるよ」

「だから、そういうのでは……」

酒が入っているせいか、変にムキになって店長を睨んでしまう。

目が合って三秒が経った。

《店長のご家族は？》

頭に浮かんできた店長の最も言われたくない言葉を、俺は何とか飲み込んだ。

俺には幸せな家庭を築けと言いながら、店長自身は家族のことに触れられたくないのだ。きっと何か事情があってのことだと思うが。

俺はすぐに店長から顔を背ける。これだから俺の能力は嫌なのだ。使ったところで、相手の弱みや負い目の一端を知ることしかできない。そして頭に浮かんだ言葉を決して口にしてはならない。相手に耐えがたい傷を与えるからだ。兄の能力とは全く違う。

店長がテーブルを離れた後も、智佐はしばらくトイレから戻ってこなかった。店長が置いていったジョッキの中では、ビールの泡がほとんど消えてしまっている。

俺は何をすることもなく、できるだけ他の客と目を合わせないようにと、居酒屋の内装を見渡した。テーブル横の壁には、木製のメニュー札がずらっと並んでいる。が、その他にも額縁に入った賞状のようなものがいくつか掛けられていることに気づく。

額縁は全部で四つ。うち三つは店長の本名である「道本倫夫《どうもとみちお》」の名前が入った「食品衛生責任者養成講習会修了証書」、「防火管理講習修了証」、そして「調理師免許証」。残り一つは三年前の日付が入った調理師免許証だった。名前は——

「道本倫斗《りんと》」と印字されている。

日付が比較的新しいことと、「倫斗」という今風の名前から、免許証の持ち主は若い人だろうと予想した。さらに店長と同じ名字で、同じ「倫」の字が名前に入っているとなると――。

《店長のご家族は？》

さっき能力を使って知った、店長の最も言われたくない言葉を思い出す。

店長からも、前任の営業担当者からも話を聞いたことはないが、店長には息子さんがいるのか……？


二時間ほど飲み食いした後、俺達は店を出た。時刻は九時。繁忙期ならまだ会社にいる時間帯だ。同じタイミングで店を出てきたサラリーマンの三人組は「もう一軒行っとくか」などと声を弾ませている。

「林部さんって、帰りの電車はどの路線だっけ」

妙齢の女性と遅くまで過ごすのはあまり良くないと思い、俺の方から解散を促すような話を振った。路線が同じだったため、駅まで一緒に行く流れになる。

しかし、店を離れようと歩き出したところで、商店街の裏路地にいる店長の姿が目に入った。誰かと立ち話をしているようだった。

「徳田くん、どうしたの？」

突然足を止めた俺に、智佐は怪訝そうな視線をよこしてくる。

「悪い、ちょっと用事を思い出した。先に帰ってくれ」

俺は迷わずそう言って智佐を遠ざけた。遠目にちらっと見ただけでも、店長が今までにない重々しい表情をしているのがわかったからだ。いったい何を話しているというのだ。

裏路地は乗用車一台が通れるくらいの幅こそあるものの、ところどころ自転車やスクーターが停められており、建物の勝手口周辺には室外機やゴミ箱、積み上げられた食品用コンテナのようなものが窮屈そうに並んでいて、道幅を狭めている。

店長達は路地の真ん中あたりの位置にいる。俺は手前にある大型の業務用ゴミ箱の陰に隠れ、会話を聞き取ろうとした。

「――というわけなんだ」

「へぇ」

「できるだけ大きな声で注意してやってほしいんだよ。他の客に聞こえるくらいにね。『ここのスタッフにこんな髪色の者はいない。お前が自分の髪の毛を入れたんだろう』って」

酔いで熱っぽくなっていた身体が、その一瞬で冷えてしまった。会話の全ては聞き取れなかったが、ｈｉｒｏのことを話しているのは明らかだ。

「わかったよ。この店にはいつも美味いもの食わせてもらってるから、ちゃんと恩を返さねぇとな」

会話相手は、どうやら常連客のようだ。先程ちらと見た限りだと年齢は中年くらいで、ｈｉｒｏよりも更に体格が良さそうだった。俺の耳に届いてくる声の大きさや張りも、強い男のそれを感じさせる。

店長はやはり、ｈｉｒｏの行為に気づいていた。しかし自ら注意するのはリスクを伴うため、客の一人に依頼をかけて懲らしめようとしている。

智佐と飲みに行った日からほどなくして、ｈｉｒｏの主催するオフ会に参加した兄から、電話で報告があった。

「本当に行ってきたのかよ」

『おいおい、何だその言い方は。俺がわざわざｈｉｒｏに接近したのは、お前が親しくしてる店長さんを救うためでもあるんだぜ』

そう言われると俺としては感謝するしかない。兄はｈｉｒｏに近づき、能力を使ってｈｉｒｏの迷惑行為をやめさせる手がかりを得ようとしたのだ。

オフ会の内容は、最近できたカフェでお茶をしながら、その店をブログでどんな風に紹介するかについて意見を交わし合うというものだったそうだ。

「で、何かわかったことがあるのか」

『いやぁ、まいっちまったよ。参加者、俺と同年代の女性が多くてさ。能力を使ったら《お友達になりましょう》とか《今度一緒にご飯に行きませんか》とか、そういう言葉ばっかり浮かんできて。そんなに俺と仲良くなりたいのかなー』

「あ、そう……」

どうでもいいという本音を何とか飲み込み、聞き流す。子どもの頃はそうでもなかったが、大人になった兄は女性からモテるらしい。それは兄が日常的に、相手の最も言われたい言葉がわかる能力を発揮し、その言葉を惜しみなく相手に言いまくっているからだ。

今回の集いでも、女性参加者達の言われたい言葉を兄はそのまま言い、彼女達と友達になったのだろう。

『あ、そうそう。肝心のｈｉｒｏについてだが』

「うん」

『参加者の一人が煙草を吸いに席を立ったんだ。店内は全席禁煙でさ。俺も吸いたかったから一緒に外に出たんだけど、彼と話しているときに目が合って』

兄の能力で判明したその参加者の最も言われたい言葉は、こうだったらしい。

《ｈｉｒｏさん、ちょっと人気あるからって調子に乗ってますよね》

参加者がその言葉を言われたい理由は、自身がそう思っているからに違いない。兄と一緒になってｈｉｒｏの悪口を言いたかったのだろう。

ｈｉｒｏにアンチも多くいるということは知っていた。けれどまさか、彼の主催するオフ会の参加者の中にも、彼を良く思っていない者がいるなんて。

「ジン兄。その人がわざわざｈｉｒｏのイベントに参加した理由って、やっぱり……」

『ああ。嫌いなやつと親しくする理由なんて、自分にとって役に立つからに決まってる。その参加者はｈｉｒｏに近づくことによって、ｈｉｒｏの人気にあやかることを狙ってるのさ』

兄はその参加者の望むとおり、彼の言われたい言葉を言ってやったそうだ。

案の定、彼はｈｉｒｏについて悪口の限りを尽くした。その話によると、ｈｉｒｏのことを良く思っていない者は他にもたくさんいる。一番批判の的になっているのは、やはりｈｉｒｏがラッパーとして実力不足だということだ。上手くもないのに人気があるということが、彼より人気の劣るラッパーやブロガー達の嫉妬心を煽っている。

さらには飲食店関係者の中にも、書かれた記事について密かに不満を抱いている人達がいるとか。

それでも多くの人達がｈｉｒｏと親しくする理由は、人気者と一緒にいることによって、自分の人気も向上させようという目的があるからに他ならない。

『それと解散後に俺、ｈｉｒｏと二人で電車に乗って帰ったんだ。偶然自宅の最寄り駅が同じでさ』

「それじゃあ、まさか」

『ああ。しっかり目を合わせて確認したぜ。ｈｉｒｏの最も言われたい言葉を』

「何だったんだ？」

『ｈｉｒｏの最も言われたい言葉は――《今日は楽しかったですね》だった』

「へ？」

ｈｉｒｏの言われたい言葉が意外にも平凡すぎて、拍子抜けしてしまう。

「ｈｉｒｏは何を思ってるんだろう」

『そうだな……。おそらく、ｈｉｒｏは気づいてるんじゃないのか。自分に近づいてくる人達の狙いに。ほら、前にお前が能力を使ったとき、彼の最も言われたくない言葉は《今大人気のグルメブロガーさんですよねっ！》だったんだろ？自分の人気を利用しようと近づいてくる連中に嫌気がさしている証拠だ』

「あ……」

兄の推察を聞いて、疑問に思っていたことが一つ解消された。

先日、ｈｉｒｏが人気ブロガーだと言われるのを嫌がる一方で、兄は人気教師と言われると大いに喜んだ。同じような言葉なのに正反対の感情を引き起こすということが、俺にとっては不思議だった。

けれど今はその理由がわかる。人気ブロガーは、ネット上での発信という全世界に向けての影響力を持つ。となれば当然、その人気を利用しようと近づいてくる連中が大勢湧いてくる。

対照的に、人気教師はあくまで学校の内部で好かれているというだけだ。学外の社会への影響力はほとんどないと言っていい。だから人気を利用しようという目的で近づいてくる人もいないのだ。

『俺、思ったんだ。hiroは本当は人気者になりたいんじゃなくて、ただ美味しいものを人と共有したり、ラップを歌ったりして、周りの人達と楽しい時間を過ごしたいだけなんじゃないかって』

「それで《今日は楽しかったですね》という言葉を欲していたってことか」

『ああ。ポイントは《楽しかったです》じゃなく《楽しかったですね》ってところだ』

「ね……？」

『《今日は楽しかったです》だけだと、媚びを売られているだけの可能性もある。でも《今日は楽しかったですね》と言われたら、対等な立場で楽しい時間を過ごせたような気持ちになるだろ』

たった一文字の有無に注目するあたりが、国語教師の兄らしいなと思う。確かに言う側の視点で考えてみても、「今日は楽しかったです」は社交辞令で言うこともある。けれど、「今日は楽しかったですね」は本当に相手と楽しさを共有できたときにしか使わないように思える。

hiroはきっと、参加者と一緒に楽しめたという確信が欲しかったのだ。そしてそれは、自分の人気が上辺だけのものかもしれないという不安の裏返しでもある。

前に居酒屋で、頬を赤らめながら呟いた智佐の言葉を思い出す。

『人気って、とても表面的で、刹那的なものだから』

智佐と同じことを、ｈｉｒｏもまた感じているのだろう。たくさんの人達に囲まれ、もてはやされている当事者でありながら。

それはどれほど孤独なことだろう。

その日の夜、ベッドに入り部屋の電気を消した後もなかなか寝付けず、そうするとまたｈｉｒｏや店長のことを考え始めてしまった。

ｈｉｒｏは人気ブロガーだが、その人気を利用しようとして近づく者も少なくない。いくら表面的に親しくしていても、心が伴っていないのだ。あんなに優しい店長でさえ、ｈｉｒｏ本人の前では親しげな態度を取りつつ、裏では別人のような顔でｈｉｒｏを懲らしめる計画を立てていた。

だが、店長の行動はもっともだ。ｈｉｒｏが迷惑行為を繰り返さないためにも、放っておくわけにはいかないだろう。

そこまで考えたとき、俺は今まで全く思い至らなかったことにふと気づいた。

「待てよ。そもそも、どうしてｈｉｒｏはあんなことをしたんだろう」

兄の話を聞いて、俺の中でｈｉｒｏの印象が大きく変わったからこそ浮かんだ疑問だった。

俺は当初、ｈｉｒｏは店長が注意してこないとわかっていて、自らの地位を利用する形で迷惑行為を行っているのだと思い込んでいた。しかし、本当の彼は人気者として特別扱いされることよりも、周りの人達と一緒に楽しい時間を過ごすことを望む人間だった。

そして結構用心深い気質の持ち主であるようにも思われる。自分の人気を利用しようと近づいてくる人達を警戒し、《今大人気のグルメブロガーさんですよねっ！》と言われることを嫌がっている。

そんな彼が、店に対して迷惑行為を起こすだろうか。

起こすとしても、故意に異物を入れる際、わざわざ自身の髪の毛を入れるだろうか。見破ってくれと言っているようなものだ。さらに大学四回生なら、万が一のことがあれば進路にも影響しかねない。彼にとって利益はほとんどなく、リスクばかりが大きすぎる行動ではないか。

枕元のスマホを手に取り、ｈｉｒｏが書いた居酒屋『大丈夫』の記事を改めて閲覧した。

煮汁が染み込むチキンカツ
出汁は何か知らんが染み入る味
いい気分で噛みしめながら
目に浮かぶ親子の熱い絆
不機嫌と不安を背負い込む親父
甘ったれの我が子に飛ばすヤジ
いつ受け継がれるのか親子の味
ときには休息とるのも大事

……

夜間モードになったスマホの画面がぼんやりと光る中、ラップの歌詞を目で追ううちに、俺はあることに気がついた。
「ひょっとして俺、とんでもない勘違いをしていたんじゃないか……？」

俺が気づいたのは、歌詞の一部に関するほんの小さなことだった。しかし一つ気がつくと、次から次へと今までの思い込みが崩れてゆく。すぐにネットのブラウザを閉じると、兄に電話をかけた。

『ヨシ？　どうした、何かさっき話し足りないことでも――』

「ジン兄、ｈｉｒｏと連絡を取れるか？」

俺の語気がいつもと違うことに、兄はすぐ気づいたようだ。

『とりあえず落ち着け。こんな夜中に大きな声で喋ったら、近所迷惑だ』

兄の言うとおりだ。がらにもなく熱くなっている自分に少し驚きつつ、声のトーンを落として、ｈｉｒｏの歌詞について気づいたことを兄に伝えた。

そしてｈｉｒｏと連絡を取れるなら、しばらく『大丈夫』には行かないように伝えてほしいと頼み込んだ。今、彼があの店に行ったら、彼も店長も傷つくことになる予感がするのだ。

兄は最後まで黙って俺の話を聞いていた。しかし、その後口にしたのは俺の意向と真逆の提案だった。

『いや。それならむしろ、ｈｉｒｏを店に連れて行った方がいいんじゃないか。そうすればお前の推測が事実かどうかはっきりする。そのうえでｈｉｒｏと店長はちゃんと向き合って、今のぎくしゃくした関係を修復するべきだ』

兄はそう言って、俺にある計画を提案してきた。

俺は真っ向から反対する。

「二人が関係を修復できる可能性よりも、傷が深くなるリスクの方が大きいと思う。だったら何らかの状況が変わるまで、二人を引き離しておいた方がいい」

兄はしばらく、電話の向こうで何か考えているようだった。hiroと店長についてだろうと思ったが、兄が切り出したのは俺に関する話だった。

『お前っていつも、人間関係で問題が起きたときの解決手段が「距離を置くこと」なんだよな』

俺はすぐに言い返すことができなかった。図星だからだ。けれど、俺がこんな風になったのには理由がある。兄にとやかく言われるのは心外だった。

『向き合って、言葉を交わすことによる解決だってある』

そう話す兄の声は澄み切っていて、余計に反発したくなる。

「ジン兄と違って、俺は言葉が大嫌いなんだよ」

俺は静かに、しかし強くそう言い切った。

言葉は刃物だ。能力を持つようになってから、俺は多くの人の最も言われたくない言葉を知った。いずれもその人の傷に触れるような言葉ばかりだった。

人と人は、言葉を交わせば交わすほど、傷つけ合うリスクが大きくなる。それなら、できる限り鞘に収めておくに越したことはない。これが俺の持論だ。

兄は俺を否定しようとはしなかった。その代わりにこう言った。

『そうか、わかったよ。だけど言葉は人間の徳でもあるんだぜ、ヨシ』

通話時間が長引くにつれ、耳に押し当てたスマホが熱を帯びてゆく。

『とにかく、俺はhiroを店に連れて行くぜ。お前はどうしたいか、自分でちゃんと考えろよ』

暗い部屋の中、夜間モードの画面が視界の端で微かに光っている。凛と響く兄の声も、光のようだった。

兄は俺と違って、今まで言葉で多くの人を救ってきたのだろう。だから、どんなときでも人と向き合うことができるのだ。

人と人が向き合うためには言葉を使うしかなく、一人一人にとって必要な言葉が、その人にとっての救いになる。兄の言いたいことは俺にも理解できる。

けれど、俺はそういう言葉の使い方がわからないのだ。それさえわかれば、もっと普通に働けるのに。楽に生きてゆけるはずなのに。

数日後、会社から外回りに出ようとした直前、スマホに兄からメールが届いているることに気づいた。

【今日の夜、ｈｉｒｏと一緒に『大丈夫』に行くことになっている。お前はどうする？】

彼を居酒屋から遠ざけてくれと頼んだのに、やっぱり兄は俺の言うことなんて聞いてくれやしない。

勝手にしろよと思いながら、最近衣替えしたばかりの秋冬物のジャケットに袖を通した。十月に入ったばかりのこの時期は、日中にジャケットを着ると暑いくらいだ。

『人の目を見ない人は、他人の領域を侵害しようとしない、奥ゆかしい人だよ』

店長と最初に会った日にかけられた言葉を思い出す。決して兄の計画に関わるものかと思っていたが、気が変わってしまった。

俺は店長の領域を侵害したくない。だけど、兄を放っておいたら何をするかわからない。

「すみません。夜に急用ができたので、外回り後は直帰します」

上司の返答を待たず、俺はオフィスを飛び出した。仕事はサボらない。だけど、できるだけ早く片付けて、『大丈夫』で兄とｈｉｒｏが現れるのを待とう。

商談は予定していたよりも長引き、結局外回りを終える頃にはすっかり日が暮れていた。

急いで『大丈夫』に向かったが、まだ兄とｈｉｒｏの姿はなかった。兄は今年度、二年生の担任を受け持っている。今は文化祭が終わって比較的落ち着いている時期だと言っていたが、突発的な生徒指導などが入って残業が発生することも多いのかもしれない。

カウンター席に座り、ノンアルコールのビールと、前に智佐と食べたマグロ納豆を注文した。時計の針が進むにつれ、店内の空席はみるみるうちに客で埋まっていく。

客達の話し声が飛び交う中、背後で入口の引き戸が開く気配がした。

「へぇー。本当に昔ながらって感じの店なんですね」

誰かが話しながら入店してきたが、振り向かなくても兄の声だとわかった。話している相手は、おそらくｈｉｒｏなのだろう。

俺が店に来ることは兄に伝えていない。見つからないよう、密かに様子をうかがうつもりでいた。兄は俺がカウンター席にいることに気づかなかったようだが、俺の方も振り向かない限り兄達の動きがわからなかった。テーブル席のいずれかに案内されたようではあるが……。

「すみませーん、生ビールと、あと豚足と爆弾おむすびください！」

料理を注文する兄の声が聞こえてきて、だいたいの席の位置はわかった。いざというときに正常な判断で動けるよう、俺はノンアルコールを注文したのに、兄の方は普通の生ビール。こういうところも俺達は正反対だ。

注文のときは声を張り上げていた兄だったが、それが終わると兄達の会話は他の客の声に紛れ、俺のいる席までは届いてこなくなった。

とりあえず何か起きない限りは静かに身を潜めていよう。そう思っていた矢先、誰かの怒声が店内のあらゆる音をかき消すかのように響き渡った。

「ふざけるな！　お前が料理に自分の髪の毛を入れたんだろうが！」

店内は一瞬にして静まりかえる。その後、大方の客は徐々に各々の飲食や会話に戻っていったが、一部の客は声のした方を見たまま眉をひそめている。

しばらくすると常連客と思われる人達が、俺のいるカウンター席のすぐ傍に集まってきて立ち話を始めた。

「さっき怒鳴ってたのって常連さんだよな」

「その前に別の客が、料理に髪の毛が入ってるって店長にクレームつけたみたいだったけど」

「そういやあの客も、どこかで見たことがあるような――」

それ以上先を聞かず、俺は立ち上がった。声のした方に駆けつけると、店長と、前に裏路地で話していた男がテーブル席に向かって立っていた。その席にいるのは予想通り、ｈｉｒｏと兄の二人組だ。

「お前、料理に入っていたのはこの髪の毛で間違いねーんだよな」

裏路地の男が太い指で髪の毛を一本つまみ、ｈｉｒｏに見せつけるようにしてひらひらと動かしている。俺が営業で来たときにｈｉｒｏの料理に入っていたのと同じような、明るい茶髪だった。

ｈｉｒｏがうなずくと、裏路地の男はにやりと笑った。相手が罠にかかったことを確信した顔だ。

「お前は知らないだろうが、この店のスタッフにこんな明るい髪の人はいねーんだよ。店長は見ての通り染めていないし、スタッフも一定のトーン以内に抑えることが推奨されてる。そうだよな、店長？」

「ああ。今のところ皆その基準を守ってくれているよ」

先程までカウンター席の周りにいた常連客達も、興味が湧いたのか集まってくる。この状況でｈｉｒｏの悪事が明らかになれば、彼の人気グルメブロガーとしての地位も危うくなりかねない。

裏路地の男が続ける。

「じゃあ、料理に入っていたこの茶髪はいったい誰のものか？　連れの兄ちゃんは黒髪だから違う。つまり、お前のものでしかないんだよ」

思った通り、店長はこの男に、ｈｉｒｏを懲らしめてほしいと依頼していたのだ。クレームを訴えて怒っていたｈｉｒｏの顔は、一瞬にして引きつった。こんな事態になることを全く予想していなかったに違いない。

「今回だけなら、うっかり自分の髪の毛が入ったことに気づかずクレームを入れたという可能性もある。だがお前、前にも同じクレームを入れたことがあったようだな。そのとき料理に入っていたのも似たような茶髪だった。偶然にしてはでき過ぎている。つまり、お前が故意に自分の髪の毛を料理に入れていたってことにしかならねーんだよ！」

「ち、違うっ！　俺は――」

ｈｉｒｏは否認の声を上げようとするが、その前に兄が立ち上がり、髪の毛をもてあそんでいる男の腕をつかんだ。

「本当にこれは彼の髪の毛でしょうか？　よく見てください。今ここにいる彼の髪と微妙に違いますよ」

電話以外で兄と最後に会ったのは確か、俺の内定祝いで飯を奢ってもらったときだから、もう二年程前になる。兄の風貌は全く変わっていなかった。少し癖のある柔らかめの黒髪。髪と同じ色の黒ぶち眼鏡から覗く、良く言えば人の良さそうな、悪く言えば眠そうな垂れ目。俺は吊り目で直毛なので、二人で並んでも血の繋がった兄弟には見えないだろう。

兄は昔からどちらかというと細身で、腕力のある方ではない。裏路地の男は簡単に腕を振りほどく。しかし、兄から言われたとおりに、料理に入っていた髪の毛を改めてまじまじと見た後、態度を翻《ひるがえ》してこう呟いた。

「確かに、この客の髪と比べて少し明るいような……」

先日、兄と電話で予想したとおりの展開になった。料理に入っていた髪は、今、ここにいるｈｉｒｏのものではないのだ。

兄は俺をちらと見て、「やっぱりお前も来たんだな」と言いたげに微笑んだ後、すぐ店長と裏路地の男の方に視線を戻して話を続ける。

「じゃあ、料理に入っていたこの髪の毛は、いったい誰のものか。スタッフのものでもなく、料理を受け取った客のものでもない。それはおそらく店長が――」

いけない。兄にその先を話させては。

思わず兄と店長の間に割って入った。俺に睨まれた兄は、三秒経たないうちに、すっと目を逸らしてきた。後は任せたと言いたげに微笑みながら。

店長の方を向き、決して目を合わせないようにして言った。

「店長、話があります。一緒に店の外に来ていただけますか」

男の相手は兄に任せ、俺は店長を裏路地に連れ出した。辺りは暗かったが、両側の建物の裏窓から灯りが漏れており、互いの表情を読み取るには十分だった。いつもは俺の方が店長の顔を見られないのに、今は店長が俺と目を合わせようとしない。

「突然連れ出してしまってすみません。でも、あのままでは店内で真相が全て暴かれてしまうと思ったんです」

うつむいていた店長がぎょっとしたように顔を上げ、俺と目が合った。

三秒が経ち、店長の最も言われたくない言葉が俺の頭に浮かんでくる。

《店長がhiroに罪を着せるため、料理に髪の毛を入れたんですね》

兄と俺の推測が当たっていたことを確信する。この言葉を店長が言われたくない理由は、それが事実だからに他ならない。

ここまできて店長を放っておけるはずもなく、俺は彼に事実を突きつける覚悟を決めた。

「おかしいと思っていたんです。店長は優しい人だ。本当にhiroが自分の髪の毛を料理に入れたのだとしたら、誰も見ていないところでこっそり注意するんじゃないかと」

しかし、店長は別の行動をとった。わざわざ声の大きな常連客に依頼し、大勢の人の目があるところでhiroを懲らしめようとした。そんなことをしたら、hiroが今まで築き上げてきた地位にも影響するだろう。

「それで思ったんです。店長はある事情によって、hiroの評判を落とそうとしているのではないかと。そして、そのために彼が悪事を働いたかのように見せかけようとしたのでは――」

「ち、違う。私は浩然くんに迷惑行為をやめさせようとしただけだ。私が注意しても聞かないと思ったから、大勢の前で懲らしめようとしたんだ」

「じゃあどうして、防犯カメラを使おうとしなかったんですか」

店長は口をつぐむ。本当にｈｉｒｏが自分の髪の毛を料理に入れたのだとしたら、防犯カメラの映像を証拠として見せればいいだけの話だ。もし一度目の迷惑行為のときに上手く映っていなかったなら、次にｈｉｒｏが来店した際に確実に映るような席に案内すればいい。

にもかかわらず、店長は防犯カメラを一切使おうとしなかった。それは髪の毛を入れたのがｈｉｒｏではないと知っていたからだ。

「さっき料理に入っていた髪の毛は、ｈｉｒｏの髪と見比べると、毛質も色もとてもよく似ていました。ですが、色はわずかに明るかった。たぶん、あの髪の毛は過去にｈｉｒｏが来店した際に、抜け落ちて座席などに付いていたものです。店長はそれを見つけたときに、計画を思いついたんじゃないですか。『このｈｉｒｏの髪の毛を料理に入れて本人に提供し、クレームをつけてきたところを返り討ちにしてやろう』と」

店長が料理に入れた過去のｈｉｒｏの髪の毛と、今日のｈｉｒｏの髪の明るさが違ったのは何故か。それはｈｉｒｏが今日までの間に髪を染め直したからだ。髪は同じ色で染め直すと少し暗くなる。

そして実は、ｈｉｒｏが髪を染め直したのは、電話で兄が持ち掛けてきた計画によるものだ。

『真相を確かめるためにも、ｈｉｒｏを店に連れていこう。その前に髪を染め直しておくように、俺が上手く言って促しておく』

あの日の夜、電話で俺にそう言った兄は、実際に行動に移したのだ。俺は兄に振り回されるようにして、今日店に来ることしかできなかったけれど。

「店長。以前、俺が昼間に仕事で店を訪れたときも、ｈｉｒｏに髪の毛入りの料理を出したんですよね。あれはｈｉｒｏを試すためだったんじゃないですか。自分の髪の毛だと気づかずにクレームをつけてくるか、って」

あの日、ｈｉｒｏからクレームを入れられて料理を下げようとする店長と目が合った。店長の最も言われたくない言葉はこうだった。

《ｈｉｒｏが自分の髪の毛を料理に入れたんじゃないですか？》

俺はあのとき、店長はｈｉｒｏの悪事に気づいていながら、彼を敵に回すことを恐れているのだと思い込んでいた。しかし実際は、料理に髪の毛を入れたのは店長の方だった。更に、あの場でｈｉｒｏに迷惑行為の疑惑をかけるのは得策ではないと店長は考えていたのだ。

　その理由の一つは、たった一度の出来事である場合「自分の髪の毛だと気づかずにクレームを入れてしまった」ということで済まされる可能性が高いから。

　そしてもう一つは、たとえあの場でｈｉｒｏに濡れ衣を着せることができても、日中で客の少ない状況だと大した騒ぎにならず、ｈｉｒｏの評判を落とすことに繋がらないと思われたからだ。

「ｈｉｒｏがクレームを入れてくることを確認した後、店長は、今度は客が大勢いるときを狙ってｈｉｒｏに髪の毛入りの料理を出そうと考えた。そしてあの常連客に、ｈｉｒｏを懲らしめるよう依頼した。『他の客に聞こえるくらい大きな声で注意してほしい』って……。すみません、先日この裏路地で話しているところを聞いてしまったんです」

　あとは、今日店の中で起きたとおりだ。依頼を受けて店内で待機していたあの常連客は、ｈｉｒｏがクレームを入れたところにすぐさま駆けつけ、ｈｉｒｏの悪事を周囲に訴えた。兄が割って入らなければ、ｈｉｒｏはあのまま濡れ衣を着せられていたかもしれない。

「徳田くん……」

店長が嘆息する。もちろん店長が髪の毛を入れた現場を誰も見ていない以上、絶対的な証拠はない。防犯カメラの位置や角度を把握している店長なら、きっと映らないように行ったことだろう。

しかし今の店長の様子を見る限り、俺が言ったことは間違っていないようだ。

「君だけは、私の領域を侵害しないだろうと思っていたのに」

消え入るような声でそう言われ、胸が苦しくなる。

かつて店長に言われた言葉をまた思い出す。

『人の目を見ない人は、他人の領域を侵害しようとしない、奥ゆかしい人だよ』

俺は店長の領域を侵害するつもりなんてなかった。店長がｈｉｒｏに濡れ衣を着せようとしていると気づいたとき、俺はｈｉｒｏを店から遠ざけることで解決を図ろうとしたのだ。

しかし兄は逆だった。あえてｈｉｒｏと一緒に店を訪れ、真相を確かめたうえで二人を向き合わせようと言い出したのだ。

だからって、大勢の客が見ているところで店長の行為を暴こうとしなくてもいいじゃないか。結局俺は店長を店から連れ出さざるを得なくなった。

俺は店長の傷に触れたいわけではない。けれどここまできた以上、もう話を切り出すしかない。

「ｈｉｒｏは人気グルメブロガーですが、裏では嫌っていたり、恨みを抱いていたりする人もいると聞きました。店長も彼を恨んでいたんですか」

店長は何も答えようとしなかった。答えようがないのだと思った。

俺と兄の仮説が正しければ、店長はｈｉｒｏに恨みを抱いている。しかし、店長がｈｉｒｏの評判を落とそうとした理由は、単に恨みを晴らすためだけではないようにも思われるのだ。

「店長、店内の壁に二枚の調理師免許証が飾られていますよね。一枚は店長の。あと一枚は店長と同じ名字の、三年前の日付が入ったもの。あれは店長の息子さんのものなんじゃないですか」

店長は無言でうなずく。

調理師免許証を見たときは、店長に息子さんがいるのかという程度にしか思わなかった。しかしそれから数日後、兄と電話した日に、俺は改めてｈｉｒｏのブログを閲覧した。そして居酒屋『大丈夫』を紹介するラップの歌詞を見た瞬間、嫌な予感が頭をよぎったのだ。

不機嫌と不安を背負い込む親父
甘ったれの我が子に飛ばすヤジ
いつ受け継がれるのか親子の味

最初に見たときは、親子カツ丼から親子の話へとテーマを広げて作詞したのだろうと思っていた。しかし、店長に息子さんがいると知ったうえで歌詞を読み直すと、別の意味が浮かび上がってきた。

まるで親子二代で経営されているかのような書かれ方だ。しかも、父親が出来の悪い子どもに手を焼いていることを彷彿《ほうふつ》させるような。

息子さんの調理師免許証の日付は三年前で、ちょうどｈｉｒｏがブログを始めた時期と重なる。ｈｉｒｏが『大丈夫』を訪れてブログを書いたとき、息子さんはこの店で、駆け出しの料理人として修業をしていたのではないだろうか。

しかし、今の『大丈夫』に息子さんの姿はない。それどころか、うちの会社とこの店の付き合いが始まった二年前には既に、息子さんは店を去っていたと考えていいだろう。俺の前の担当者は店長と懇意にしていたが、息子がいるという話は知らないようだった。

　ここから推測されるのは、まず、ｈｉｒｏが『大丈夫』の記事を書いてから遅くとも一年以内に息子さんが店を去ったということ。そして、店長がそれ以来、息子さんの存在を周りに話していないということだ。

「ｈｉｒｏのブログを見たときに思ったんです。ただでさえ厳しい修業の中、こんな風にブログに自分のことを書かれて、息子さんはショックを受けたのではないかと。しかも、そのブログの主はどんどん人気者になっていく」

　今、息子さんがどこで何をしているのかは知らない。けれど、彼がいなくなったことで、店長が今も癒えない傷を抱えていることは明らかだ。

「店長は息子さんに戻ってきてほしかったんですよね。だから調理師免許証を店内の壁から外さなかった。そして、どんな手を使ってでもｈｉｒｏの評判を落とすことができれば、息子さんにこう言うつもりだったんじゃないですか。『お前のことを悪く書いたブロガーは、やっぱりろくなやつじゃなかった。あんな記事は気にするな』って――」

「もう黙ってくれ！」

　店長の一声で、俺は言葉を止めた。ここまで言う必要はなかったかもしれないと、我に返って後悔する。

智佐と一緒に『大丈夫』で飲んでいたとき、幸せな家庭を築けるようにと店長から声をかけられた。その直後に店長と目が合い、俺は彼の最も言われたくない言葉を知ったのだった。

《店長のご家族は？》

きっと、息子さんのことを他人に詮索されたくなかったのだろう。

店長は濡れたビー玉のような目をして、涙混じりの声で語り始めた。

「君の言ったとおりだよ。だが、浩然くんだけが悪いんじゃない。私だって……息子の手際が悪いからといって、客の見ている前で何度も叱っていたんだ。まさかあんな風に書かれるとは思っていなくて」

料理人の修業は厳しいと聞く。学ぶことが多い上に雑用もこなさなければならず、どうしたって長時間労働になる。先輩からの叱責を受ける場面も多い。店長の息子さんは心身ともに疲労しきっていたところ、ｈｉｒｏのブログを見たことによって気持ちが折れてしまったのだ。

ｈｉｒｏが順調にグルメブロガーとしての人気を得ていくのと反比例するかのように、息子さんは料理人としての意欲を失っていったらしい。今は店を離れ、全く別の職に就いているという。

「後ろめたさでいっぱいになった私は、息子のことを誰にも話せなくなった。そして、どんどん有名になっていく浩然くんを見ているうちに、私の罪悪感は彼への憎しみに変わっていった。店の記事を書いていいかなんて事前に聞いておきながら、よくもこんな、人を小馬鹿にするような文章を――」

そこまで言いかけたとき、店長は何かに気づいて目を見開いた。視線は俺を通り過ぎて、裏路地の入口の方に向いている。

振り向くと兄の姿があった。その隣に、スマホを片手に持ってうつむいているｈｉｒｏの姿も。

「店長……！」

先に口を開いたのはｈｉｒｏだった。ここまで走って来たのだろう。乱れた髪を直そうともせず、息を切らしながら話し始める。

「違うんだ。俺は息子さんの頑張る姿を見て、陰ながらずっと応援していた。このブログを書いたときも」

店長の前まで歩み出たｈｉｒｏが、スマホの画面を差し出す。表示されているのはやはり、三年前に書かれた『大丈夫』の紹介記事だった。

何度も読んだそのラップの歌詞に改めて目を通したが、息子さんを応援したいという意図は汲み取れない。店長も俺と同じように思ったらしく、差し出されたスマホを手でぐいと押し返しながら、hiroに怒りの形相を向けた。

「これのどこが応援歌だ……この記事を見たとき、息子や私がどれだけショックを受けたと思っているんだ」

hiroが弁明をやめてうなだれた、そのときだった。

「店長」

歩み寄ってきた兄が、店長とhiroの間に立った。

店長が困った素振りを見せたので、とっさに横から「俺の兄です」と口を挟んでしまう。兄弟なのに全く似ていないことに驚きを隠せないらしく、店長は目をぱちぱちさせながら俺と兄を交互に見比べた。

兄はというと、店長からそんな目で見られても全く意に介さない様子だ。

「この店やhiroのブログ記事のことは弟から聞きました。確かに配慮に欠ける書き方ではありますね。ただ……」

兄はスマホを持つhiroの手を取って、再び店長に画面を見せた。薄暗い裏路地の中で、ラップの歌詞が照らし出される。

そこには俺の気づいていなかったもう一つの事実が隠されていたのだ。

「さっきｈｉｒｏと話をして、この歌詞を作ったときの思いを聞きました。……ｈｉｒｏ各行の一番上の文字を抜き出して、並べてみてください。そうすれば、ｈｉｒｏが歌詞に隠した裏のメッセージが出てきます」

半信半疑の様子ながら、店長は改めてスマホの画面を覗き込む。

俺も店長と一緒に、兄の言うとおりに歌詞中の文字を拾い上げていった。

煮汁が染み込むチキンカツ
出汁は何か知らんが染み入る味
いい気分で噛みしめながら
目に浮かぶ親子の熱い絆
不機嫌と不安を背負い込む親父
甘ったれの我が子に飛ばすヤジ
いつ受け継がれるのか親子の味
ときには休息とるのも大事
……

「に、だ、い、め、ふ、あ、い、と……『二代目ファイト』？」

店長と俺が同時に声を上げると、ｈｉｒｏは力なくうなずいた。

「あの頃の俺は、店長の息子さんと同じような立場だったんだ。ラッパーとしての実力がないと、周りから叩かれてばかりで……」

ラッパーとしての実力不足を批判されているという噂は本当だったのだ。人気が出た今でこそｈｉｒｏに正面切って苦言を呈する者はいないが、過去には色々なことを言われてきたのだろう。

ｈｉｒｏは店長の息子さんを自分と重ね、このラップの歌詞を書いた。裏メッセージについて息子さんに種明かしするのを楽しみにしていたという。

しかしその思いとは逆に、店を訪れても息子さんのいない日が増えていった。

「もっと早く気づいていれば、息子は料理人をやめるまでには至らなかったかもしれない」

もはや手遅れだと肩を落とす店長の姿を見て、ネット上のトラブルの怖さを思い知らされた。

ｈｉｒｏと息子さんが直接話し合える関係であれば、誤解はすんなり解けていたかもしれない。互いのことをよく知らないまま、ネット上の文面だけを見て擦れ違う。こういうことが、若くて未熟な者達の間で頻繁に起きているのだ。

そんな風に考えていた俺だったが、兄はというと、またしても俺が思いもよらないことを店長に提案するのだった。

「まだ遅くないですよ。今から息子さんに会って、誤解を解きましょう！」

「は？」

何を言い出すんだという思いから、思わず声が漏れてしまった。店長の息子さんはすでに店を離れ、別の仕事をしている。今更ｈｉｒｏとの誤解を解いたところで、後悔を抱かせるだけではないか。

「ジン兄、本気で言ってるのか？　息子さんはもう前を向いて、別の道を進んでいるところなんだ。わざわざ苦しい過去を振り返らせてどうする」

「お前こそ何言ってんだ？　苦しかった過去と向き合わないままじゃ、それこそ一生苦しいままだ。それに、誤解を解くことによって息子さんが料理人に戻る可能性だってある」

「それはジン兄の独りよがりな考えだ。教師ならもっと相手の気持ちを考えろ」

「そっちこそ、営業職なら相手のニーズをちゃんと考えろよなっ。店長がまだ息子さんの調理師免許証を飾っているのは、彼に戻ってきてほしいからだろ」

兄とは話す度にこういう言い争いになる。一緒に暮らしていた子どもの頃よりも、今の方が多く喧嘩しているような気さえする。

呆れるような視線が店長とhiroから向けられていることに気づく。子どもみたいな兄弟喧嘩を続ける俺達を見て、店長達もすっかり緊迫感が抜けてしまったようだった。

「君達、兄弟なのに考え方も価値観も正反対のようだね」

店長がそう言うと、続いてhiroが突然「血液型とかも違うんだろうな」と呟いた。占いのことを言っているのだろうか。

俺と兄は同時に「A型です」「O型です」と答え、すぐ顔を見合わせてムッとなった。するとhiroが、初めて打ち解けたような笑みを見せた。

「ははっ、わかり易っ……！」

兄がhiroの主催するオフ会に参加したときに知った、彼の最も言われたい言葉について思い出す。

《今日は楽しかったですね》

今、俺達の目の前で心から楽しそうに笑っているhiroの姿を見ていると、やはり彼は兄の予想したとおりの人物だったんだなと実感する。

店長がｈｉｒｏに向かって言った。

「君に対して私のしたことは、本当に申し訳なかった。息子に君の真意について話すかどうかは、今後の息子の様子を見ながら考えることにするよ。もし話した方がよさそうだったら、そのときは同席してくれるかい」

「は、はいっ」

結局、俺と兄の意見のどちらに傾くでもない結末となった。それは、どちらが正解とも言いきれない問題だということだ。

兄が俺と比べて正しいとか、優れていると思ったことは一度もない。それなのに、兄といるといつも俺は言いようのない劣等感にさいなまれるのだ。それはただ、兄が俺にないものを持っているからに他ならない。

俺も兄にないものを持っているのかもしれないが、何故かそれは全く重要なものでないように思えてしまうのだ。

誰もいないアパートの部屋に帰ると、さっきまで兄と言い合っていたのが嘘のような静けさに襲われる。

家が静かであることには慣れている。両親が離婚した後、俺は父に引き取られ、大学卒業までは父と実家で暮らしていた。しかし、子ども時代のある出来事がきっかけで、父とはほとんど会話を交わさなくなった。

その出来事とは、俺がこの能力に目覚めたこと、そして父相手に能力を使ったことだ。

母と離婚し、俺と二人で暮らすようになってからというもの、父は幼い俺に暴力を振るい、暴言を浴びせるようになった。

『お前が家族をバラバラにしたんだ！　何もかもお前のせいだ！』

当時小学二年生だった俺は、虐待という言葉も知らなかった。知っていれば外の人に助けを求められたかもしれないが、俺にはその選択肢を考えつくことさえできなかった。家の中という閉鎖空間にいる以上、自分の身は自分で守らなければいけないと思っていたのだ。

どうすれば父から身を守れるだろう。

どうすれば父に負けずにいられるだろう。

ある日、そう考えながら父の顔を見ると、父は「何だその目は」とまた不機嫌そうに俺を睨み、拳を振り上げた。

いつもなら顔を伏せるところだが、この日の俺は父と向き合ったまま、決して目を逸らさなかった。

俺は父を見た。

目を見開いて、瞬きもせず、全身全霊で見た。父の顔の小さな皺や、毛穴の一つ一つまで逃すまいという気持ちで見た。

怒りに満ちた父の顔が、一瞬、今にも泣き崩れそうな表情に変わったような気がした。

そして三秒ほど経ったとき、頭の中にある言葉が浮かんできたのだ。

《父親失格》

不思議なことに、俺にはその言葉が父の最も言われたくない言葉であるとわかった。気がつけば無我夢中で、その言葉を父に向かって叫んでいた。

父は一瞬動きを止めた後、力なく拳を開いて後ずさりした。それだけではない。顔面からみるみるうちに生気が抜けていくのがわかった。

目の前で起きたことが信じられなかった。あれほど俺に対して攻撃的だった父が、最も言われたくない言葉を言われただけで、俺を避けるようになるなんて。

以来、父はすっかり大人しくなった。

父から身を守る必要がなくなった俺は、今まで身を守る方法について考えていた時間と気力を使って、別のことを考え始めた。

どうして父は《父親失格》と言われることを最も恐れていたのか。どうしてそれを言われた後、急に大人しくなったのか——。それは父が俺に対して、密かに後ろめたさを抱いていたからだろう。父はいつも俺に怒りを見せていたが、一瞬見えた泣き顔こそが、彼の本当の顔だったのかもしれない。

父の拳は俺を傷つけたが、俺の言葉もまた、父を傷つけたのだ。

その後、俺は父以外の人に対しても、三秒目が合えば能力を使えるようになっていた。そして俺の能力はいつも、相手の心が抱える傷を瞬時に炙り出すのだった。俺は他人の決して触れてはいけない領域に触れ続けた。

いつしか俺は、他人と目を合わせること自体が怖くなってしまった。

一方の兄はといえば、能力を得た過程は俺と同じようでもあり、正反対のようでもある。両親の離婚後に母と二人で暮らしていた兄は、仕事や人間関係で苦労する母を元気づけたいと思ったある日、母の最も言われたい言葉がわかるようになったという。

『せっかく得た力を、どうして世のため人のため、ときには自分のために使わないんだ？』

兄はいつも俺にそう言い、自身の能力を惜しみなく使って人助けをしている。何事にも前向きで、どんなときも人と向き合うことを恐れない。

『言葉は人間の徳でもあるんだぜ、ヨシ』

兄に言われたことをまた思い出す。

「わかっているさ、そんなこと。だけどジン兄からそう言われるのは、理不尽だ……！」

鎧《よろい》のように重く感じるジャケットを脱ぎ、ネクタイを外す。

働かなくては生きていけない。だから仕事は真面目にするが、人とは最低限の付き合いに徹する。こんな日々が明日も、明後日もずっと続いていく。

智佐のことを社会人としてやっていけないのではないかと心配したが、俺だって彼女と似たようなものなのだ。

第二章　破局の理由は誰にある

会社帰りの夜。最寄り駅から自宅のアパートまで歩く途中、一軒家の角を曲がった瞬間、暗かった視界に光の花が咲いた。昨日まで何もなかったはずの庭木に電飾が施されていた。

その日、自宅に着くまでに同じような家を何軒か通り過ぎた。そういえばもう十二月も中旬に差し掛かろうとしているが、なぜ今日から突然、いくつもの家が同じタイミングでイルミネーションを始めたのだろう。

頭に浮かんだ疑問は、帰宅後、時計を見た瞬間に解消された。八時五十分。今月に入ってから、こんなに早く帰ることができたのは今日くらいのものだ。おそらく前々からイルミネーションは始まっていたのだと思うが、俺が帰路につく深夜には消灯されていたのだろう。

不思議なことに、遅くまで残業があった日よりも、早く帰宅できた日の方が腹が減る。疲労は体力だけでなく、食欲までも奪うのか。

「この前『大丈夫』で買い溜めした生餃子、まだ残ってたよな……」

冷凍庫の扉を開けようとしたとき、床に置いた鞄の中からスマホの振動する音が聞こえてきた。今は飯が先だと無視しようとするが、鳴り止まない。確認すると兄からの電話だった。

またいつもの生存確認だろうと思ったのだが。

「もしもし」

『ヨシ、頼む！　デートしてくれ！』

反射的に通話を切った。

スマホから聞こえてきたのは確かに兄の声だったが、その内容は幻聴を疑いたくなるものだった。

何もなかったことにして餃子を焼こうと思っていると、今度は兄からメールが入る。それも連続で何通も。

【おい、どうして通話を切った？】

【無視すんな！】

【返事しないと今すぐ家まで行くぞ！】

ちょっとした恐怖を感じた。いつもなら流せるような内容だが、電話であんなことを言われた後だと、本当に来るかもしれないと思ってしまう。

急いで兄に電話をかけ直した。

「ジン兄、通話を途中で切ったのは悪かった。ただ、どうして俺がジン兄とデートしなきゃいけないのか、説明してくれ」

『え？』

スマホの向こうで、兄が素っ頓狂な声を上げる。

『わ、わ、悪い！　国語教師ともあろう者が、修飾語を抜かしちまった。俺とじゃなくて、俺の職場の先輩とデートしてほしいんだ』

「職場の先輩……？」

デートの相手が兄でなかったのは一安心だが、だとしても説明が欲しいことには変わりなかった。兄から仕事の話はときどき聞くが、職場の人に会ったことは一度もない。どうして俺が、見ず知らずのその先輩とデートしなければならないんだ。

ひょっとしてと思い、俺は探りを入れるように言った。

「俺の能力を使って、デート中に相手のことを調べさせようって魂胆じゃないよな」

兄はわかりやすく黙り込んだ。予感は的中したようだ。

俺は人と三秒間目を合わせると、その人の最も言われたくない言葉がわかる。そして、その言葉はたいていの場合、相手の弱みなどといったネガティブな一面に関係している。能力を上手く利用すれば、相手が隠している秘密を調べることも、確かにできないことはないだろう。

ただ俺は、普段はできる限り人と目を合わせることを避け、能力が発動しないようにと努めている。相手の弱い部分を覗き見たところで、良いことなど何もないからだ。

俺が自分の能力を嫌っていることは、兄も知っている。そんな俺にわざわざ頼みごとをしてくるというのは、何かよほど切羽詰まった事情があるのか。

『お前にデートしてほしい相手は美濃《みのう》先生っていう人で、俺と同じ国語科に所属している女性だ。最近まで英語科の同僚と付き合っていたんだが、最近彼からのプロポーズを断って、そのまま別れを告げたらしい』

「そんな傷心の真っ只中で俺とデートなんてしていいのかよ。そっとしておくか、せめてジン兄の能力を使って慰めてやるとかの方が」

兄の能力は俺と正反対で、相手と三秒間目を合わせると、その人の最も言われたい言葉がわかる。兄は世のため人のために普段から能力を発揮し、周りの人達を助けている。そういう点でも俺とは正反対だ。

『ああ。もちろん俺の能力で、美濃先生の最も言われたい言葉は調査済みだ』

「どういう言葉だったんだ？」

『《あんな男とは別れて正解ですよ》だってさ』

「あ……」

兄の言いたいことを何となく察し、俺はそれ以上の追及をやめた。

恋愛において付き合ったことも告白されたこともない俺には、相手を振るときにどんな気持ちになるのか想像もつかない。しかし、少なくとも美濃先生に関しては、相手に対する未練は少しも残っていないようだ。

「美濃先生が吹っ切れてるんだったら、俺が能力を使う必要なんてないんじゃないか」

『それがな、元彼の方が未練たらたらなんだよ。自分の何が悪かったのかわからない、悪いところがあれば直すから何としても復縁したい、って泣きながら相談されちまって』

なるほど。それで彼女が嫌がるような発言を調べるため、俺に白羽の矢が立ったというわけだ。聞くところによると、元彼は交際中も職場恋愛を隠そうともせず、「理想の女性なんだ」と周囲に惚気《のろけ》まくっていたそうだ。

話を続けようとするものの、空腹は限界を迎えようとしている。スピーカーモードに切り換えたスマホをズボンのポケットに入れて、生餃子を焼き始めた。

『あ、何か料理してる音がする。お前、同棲でも始めたのか』

「自分でしてるだけだって。スマホはスピーカーモードにしたから、両手使えるし」

『へー。何作ってんの』

「『大丈夫』の餃子。作ってるっていうか、焼いてるだけ」

そうこうしている間に、餃子の片面がうっすらキツネ色になっていた。付属の説明書きに従い、お湯を回し入れた後に蓋をする。

兄は居酒屋『大丈夫』での一件を思い出したのか、またあの店に行きたいと言い出した。

『美濃先生とデートする前に、一度元彼の先生とも会って話を聞いてほしいんだ。ちょうどいい、あの居酒屋に集合しよう』

「ちょうどいいって、単にジン兄の職場に近いからだろ」

『いやいや、そんなことない。久しぶりにあの店長さんの顔も見たいし』

スマホの向こうで満面の笑みをたたえている兄の姿が想像できた。調子のいいことを言っているようでもあるが、嘘ではないのだ。人好きの兄のことだから、きっと本心で店長に会いたいと思っているのだろう。

「わかったよ。けど、話を聞くのは日曜とかでいいか？　最近仕事めちゃくちゃ忙しくて、平日だと遅い時間になっちまうから」

兄は大いに感謝し、また日時を調整すると言って通話を切った。

平日は残業に勤しみ、貴重な休日を費やして話を聞きに行こうとしている俺も、たいがいお人好しなのだろうか。兄と違って人が好きというわけでもなく、できることならあまり人と関わらず生きていきたいとさえ思っているのに。

「彼女は本当に優しくて、いつも俺の言うこと成すことを喜んで受け入れてくれる人だったんだ」

兄との約束当日。

テーブルを挟んで向かい側の席で、美濃先生の元彼氏である善甫《ぜんぽ》先生は涙目になりながらそう話した。俺の隣で、兄がうんうんと相槌を打つ。

「それなのに、初めて断られたのがプロポーズなんて、あんまりだ……」

初対面の俺に対しても泣きっ面を隠しきれないほど、善甫先生はショックを受けているようだ。兄が向かいの席からおしぼりを差し出すと、遠慮なくそれを広げて顔に押し当てた。ついでにチーンと鼻をかむ音を一発。

善甫先生は美濃先生の同期で、兄の三つ上にあたる二十七歳。色黒で目鼻立ちのくっきりした風貌は、今のように気落ちしていなければ陽気な人物に見えるだろう。流暢に英語を話す姿を想像すると、生徒達からも黄色い声援を浴びそうなタイプに思えた。

「はい、親子カツ丼三人前ね」

店長が料理を運んでくる。

日曜昼時の『大丈夫』は、平日の同じ時間帯よりは賑わっているように見えた。家族で来店している客も何組かいて、子どもはほとんどが親子カツ丼を注文していたようだった。

隣のテーブルの家族連れを見て、善甫先生の顔はますます曇っていった。打ち砕かれた自分の将来像を見ている気分になったのだろう。

「先輩、大丈夫ですよ！　うちの弟は女心を見抜くプロなんで」

デタラメを言う兄の頭をどついてやりたかったが、その前に「とてもそんな風には見えん」と言いたげな善甫先生の視線が俺に向けられる。

《いえ、僕なんて恋人とはいつも喧嘩ばかりですよ》

いつの間にか目が合って三秒が経ち、善甫先生の最も言われたくない言葉が頭に浮かぶ。自分が振られたばかりのときに、恋人の話なんてしないでほしいということなのだろうか。

心の隅に留めつつ、善甫先生から話の詳細を聞く。

「美濃先生を一言でいうと、大人しくて控えめ。それに尽きる。他の教員がしたがらないような雑用も、嫌な顔一つせずに引き受ける人だ。そのせいか、いつも手が回っていない感じで……同僚として何とかしてあげたいと思ったのがきっかけで、意識するようになったんだ」

新卒一年目のクリスマス前に善甫先生の方から告白し、美濃先生はその場ですぐ受け入れたようだ。

今年もクリスマスが近づき、交際五年目を迎えた日に、善甫先生は美濃先生にプロポーズをした。しかし、美濃先生はそれを受け入れなかったどころか、関係を白紙に戻したいとまで言い出した。善甫先生にとっては晴天の霹靂《へきれき》だったことだろう。

「彼女はいつも俺に笑顔を見せていたけど、俺は知らず知らずのうちに彼女の嫌がることをしていたのかもしれない。それで真田《さなだ》に相談したら、うちの弟に任せろと言ってくれて……」

兄は俺の隣で相槌を打ち続けている。「真田」は兄の名字だ。両親の離婚前は俺と同じ「徳田」だったが、今は母親の旧姓に合わせている。

善甫先生の声のトーンが極限にまで暗くなったあたりで、兄はパンと手を叩いて話を切り出した。

「そこで女心のスペシャリストであるお前に、美濃先生のことを調査してもらおうって話になったわけだ。ただ、見ず知らずの相手とデートしろなんて言っても彼女を困惑させると思うから、そのあたりはちゃんと考えてある」

兄から説明された計画は次のようなものだった。

美濃先生と兄は来週の日曜日、国語科の新年会に向けて物品の買い出しに行くことになっている。当日、兄が急に体調を崩したということにし、その代役という名目で俺が美濃先生の買い出しに付き添うのだ。

俺が了承すると、兄は善甫先生にこんな質問をした。

「先輩。ヨシと実際に会ってみて、不安はなくなりましたか？」

「ああ、今日弟くんと会ってすっかり安心したよ」

善甫先生の言葉に不覚にもちょっと心が躍り、顔が緩みそうになるのをこらえた。今少し話しただけで、そんなにも信頼してくれたのか。

しかし、彼の言う「安心」は俺の思っていた意味ではなかったようだ。

「この人なら彼女と二人きりで一日過ごしても、俺が恐れている事態にはならないと確信できた。いい人止まりだろうなって」

ムッ！

安心とはそういうことかと思っていると、俺の勘違いを察知したらしく、隣で兄がけらけらと声を上げて笑い始めた。

腹立たしい部分はあるものの、美濃先生とのことについては、気の毒だという気持ちもある。できることなら何とかしてあげたい。

かくして俺は、人生で初めて、見ず知らずの女性とデートをすることになった。

デートの当日、待ち合わせ二十分前にあたる午後一時四十分。目的地の最寄り駅にあるクリスマスツリーの前で、俺は美濃先生を待っていた。

お膳立ては全て兄がしてくれた。美濃先生には今日の午前中に、体調不良のため代役を立てるという連絡を入れたとのことだ。彼女は待ち合わせの十分前には来る人だから、その更に十分前には到着しておけと釘を刺された。

美濃先生の写真はあらかじめ善甫先生から見せてもらっていた。大人しくて控えめだという彼女の人柄が現れているような風貌だった。笑った拍子にへの字になった目や、小さな鼻と口。林檎のように頬を赤く染め、隣にいる善甫先生にぴったり身体をくっつけて写っていた。

待ち合わせの十分前になる。写真と同じ人物が、駅前の横断歩道を渡ってくるのが見えた。

「あの、美濃先生ですか」

「え？　あ……真田先生の」

弟、と言いかけたような口の形をした後、美濃先生は言葉を飲み込んでしまった。全然似ていないと思ったのだろう。

「いつも兄がお世話になっています」

「いえ、こちらこそ恐れ入ります。お休みの日に来ていただいてしまって」

美濃先生はそう言って深々とお辞儀をしてきた。写真では平安女性のように真っ直ぐ伸びていた髪が、今はぐるぐる巻きにしたマフラーに埋もれている。

騙していることに罪悪感を抱きながらも、顔を上げた彼女と目を合わせようとした。恥ずかしげにさっと視線を逸らされてしまい、これは難航するだろうなと腹をくくる。

「美濃さんも休日にお疲れ様です」

「あはは、教師やってると休日も仕事してることが多くて」

職員で行う新年会なら、職場によっては業務時間内に準備なども行うのだろうが、多忙な職場だとそうはいかない。話を聞くと、美濃先生も兄も、平日は通常業務だけで手一杯のようだった。

「私、校務分掌が進路指導部なんですけど、今年度は三年生の担当なんです。冬休みも生徒からの進路相談や、諸々の手続きに追われそうで」

大人しいと聞いていたので会話が続くか心配だったが、思っていたよりもよく話す人で、ひとまず安心した。

国語科の新年会は毎年恒例のイベントで、百人一首などのゲームをした後、順位に応じて景品が贈られる。景品選びと買い出しは代々若手の仕事になっているとのことだった。

　駅から十分ほど歩き、訪れたのは最近オープンしたばかりのアウトレットモールだった。アウトレットというとファッションブランドが主だというイメージが強かったが、美濃先生が言うには生活雑貨や家具、家電など何でも揃っており、景品選びにはもってこいの場所だそうだ。

　アーチ形の入場ゲートをくぐると、幅の広い石畳の路地の両側に白壁の建物が並んでいる。店の種類は様々だが、非日常的な景観を演出するためか、外装はヨーロッパの街並み風に統一されているようだ。

　ちょっとしたテーマパークのようですらあり、カップルの姿も多い。ここがオープンしたことを知ったとき、美濃先生の頭の中にはもう、善甫先生と一緒に来たいという気持ちはなかったのだろうか。

「あっ、これいい！」

　台所用品の店を見ていたとき、美濃先生が今日一番明るい声で言った。

「何かいいのがあったんですか？」

「ええ。このコーヒーミルが可愛いなと思って」

差し出された商品を見て、俺は一瞬絶句した。

コーヒーミルは木製の筒型に取っ手がついた、一見するとシンプルなものだ。ただ、筒に大きく筆字のフォントで「無糖派層」と印字されている。

「ええと……」

面白いかどうかはともかく、何をどう見たら可愛いと思えるのかさっぱりわからない。しかし、美濃先生は真っ直ぐに俺の方を見て反応をうかがっている。

突然、頭の中にこんな言葉が浮かんできた。

《そんなのでいいんですか》

言葉に詰まっている間に、美濃先生と目を合わせて三秒が過ぎたのだ。彼女の最も言われたくない言葉については、取り立てて奇妙なところはないように思われた。自分の選んだ品物を見て「そんなのでいいのか」と言われたくないのは、ごく当たり前のことだ。

ただ、玩具を手にした子どものように「無糖派層」のコーヒーミルを持ってはしゃぐ美濃先生の姿を見て、わかったことが一つある。

この人は変わってる。

「ちなみに国語科の主任の名前は武藤《むとう》先生っていうんですよ。これが本当のムトウ派層、なんちゃって。うふふっ」

大人しくて控えめだという善甫先生からの前情報は、俺の中で早くも砕け散った。恋は盲目とはよく言うが、善甫先生は彼女のこういう一面を知らなかったのか、あるいは見て見ぬふりをしていたのか。

その後も美濃先生は独自のセンスで商品を選びまくり、自然と俺は荷物持ちを担当するようになっていた。

一通り買い物が済んだ頃には、二人ともすっかり歩き疲れていた。少し休憩してから帰ろうということになり、アウトレット内の小さな喫茶店に入る。

二人掛けのテーブルに向き合って座っていると、店員がお冷やとメニューを持ってきた。テーブル上でメニューを美濃先生の方に向けたが、何故か彼女の視線はメニューではなく俺の顔の方に向いた。

目が合い、どうしたんだろうと思っているうちに三秒が経つ。

《何を頼みますか？》

彼女がその言葉を嫌がる理由は不明だが、俺が先に選んだ方がよさそうだと思って「俺、ブレンドコーヒーにしますね」と言うと、美濃先生は「じゃあ私も」と言った。どこか安心したような笑顔を見せながら。

店員がオーダーを取りにやってくる。

「砂糖とミルクはいかがなさいますか？」

「あ、私はブラックで！」

さすがは無糖派層。

コーヒーを飲んでいるときも美濃先生はよく喋ったが、自分から話を振るのが苦手な俺としては有難かった。

「義孝さん。学生時代は文系だったんですか、それとも理系ですか」

「文系ですよ」

「へーっ、兄弟どちらも文系なんですね。何を専攻されていたんですか」

「ええと……哲学」

哲学が専門だと言ったときの相手の反応は、俺の経験上では大きく三つのパターンに分かれる。堅苦しそうだなと言わんばかりにちょっと表情を引きつらせる人。精一杯の気遣いなのか「凄いね」と褒めてくる人。

そしてごく稀に、目を輝かせて話に乗ってくる人がいる。美濃先生は意外にもこのタイプだった。

「私の専門は日本語学なんですけど、大学の一般教養でウィトゲンシュタインの授業を受けたのがきっかけで言葉に興味を持つようになったんですよ」

　ウィトゲンシュタインは二十世紀前半に活躍したオーストリアの哲学者で、言語ゲームという思想が特に有名だ。言葉は日常生活におけるゲームのようなやり取りの中で、文脈に応じてその意味が決定されるのだと彼は主張した。

「例えば『苦くて美味しいですね』という言葉は、今みたいにコーヒーを飲んでいるときの発言なら文字通りの意味にとれますが、手作りのケーキを食べて言われたなら嫌みの可能性が高いんでしょうね」

　美濃先生はコーヒーカップを片手にクスクス笑いながら言った。確かに手作りのケーキに対して「苦くて美味しい」と言われたら、それは焼きすぎをやんわり揶揄する言葉と受け取れるだろう。

　思わぬところで話が盛り上がってきたが、そのときテーブルに置かれていた美濃先生のスマホが振動した。通知を一目見た美濃先生は「ちょっと失礼します」とスマホを手に取って確認する。

「ごめんなさい。一緒に住んでいる母から、急に体調が悪くなったとメールが。近所の内科で薬を出してもらったけど、良くならないみたいで」

　すぐに帰らなければと言い、美濃先生は申し訳なさそうに俺の顔を見た。

目が合って三秒後、俺の頭の中に浮かんできたのは予想外の言葉だった。

《お母さんは大事にしないとね》

美濃先生はコーヒーを半分以上残して、テーブル上のスタンドから伝票を引き抜いた。

「あ、お代は俺が」

「いえ。私の買い物に付き合っていただいたので、せめてものお礼です」

てきぱきと会計を済ませて店を出て行く美濃先生の後ろ姿を追いながら、能力を使って知った彼女の言われたくない言葉について考えを巡らせた。

俺の能力も、ウィトゲンシュタインの考えと似たところがある。相手の言われたくない言葉がわかったところで、それがどのような意味を持つのかは相手の状況や背景から推測するしかない。

だが俺は美濃先生のことを知らなすぎる。彼女の仕事仲間である兄に今日のことを伝え、一緒に考えるしかなさそうだ。

帰宅後、その日のうちに兄に電話で報告を入れた。話を一通り聞き終えた後、兄がぽろっと口にした疑問は、俺にとっては思いもよらないものだった。

『お母さんが体調不良ってのは本当なのかな』

兄が言うには、美濃先生は現在実家で両親と三人暮らし。父親が平日休みの仕事に就いているため、土日は必然的に家で母親と二人になる。

「それなら別に彼女の話を疑う余地はないんじゃないのか」

『近所の内科に行ってきたっていう点が気になってな。日曜日に診療してる病院は多くないだろう』

兄の指摘を受け、美濃先生の実家近くの病院をスマホで検索してみたが、確かに日曜日に診療を行っている病院はなさそうだった。

「じゃあ、母親が急に体調を崩したっていうのは嘘……？」

『その可能性が高いな。早く帰りたい別の理由があって、とっさにそう言ってしまったとか』

早く帰りたい理由と聞いて、つい、買い物中に俺が何か気に障ることをしただろうかと振り返ってしまう。美濃先生は終始笑顔だったが、正直なところ何を考えているのかわからないような部分もあった。

そしてもし美濃先生が嘘をついたのだとしたら、そのとき彼女が《お母さんは大事にしないとね》という言葉を嫌がった理由はいったい何だ。

「ジン兄、悪い。もしかしたら、俺が何か彼女の気に障ることをしたから、帰りたくなったのかも」

『えっ？　おいおい、別に俺はそんなつもりで言ったわけじゃないって』

電話の向こうで兄が慌てているのがわかった。卑屈な生徒をなだめるような口調で、兄は俺にこう言った。

『休日返上で買い物に付き合っただけでも、美濃先生はお前に感謝してるって。もちろん俺も。ありがとうな、ヨシ』

通話を切ると、窓の外で風が轟々《ごうごう》と唸っていた。いつまでも今日のことを考えているわけにはいかない。明日も仕事だ。

カーテンを開け、窓を開け、ベランダでたなびいている洗濯物を一気に取り込んだ。息を吸うと石けんの香りを含んだ冷気が身体の中に入ってきて、俺の意識は自分の日常へと戻っていった。


翌週、気持ちを切り換えて仕事に追われていた俺だったが、思いがけない場面で日曜日のことを思い出すはめになった。

「先週末、女の人とデートしてるところを見たわ」

昼休憩中、会社近くのラーメン屋でカウンター席の隣にやってくるやいなや、智佐は目も合わせようとせずそう言った。

すすっていた豚骨ラーメンの細麺が気管の方に行ってしまい、むせ返りそうになる。智佐はそんな俺には構いもせずメニューを一読した後、すかさず手をぴんと上げて注文する。

「おじさーん。塩ラーメン一つ、ゆで玉子抜きでね」

俺に話しかけてきたときと比べ、何トーンも明るい声だ。前に居酒屋で「卵は一日一個と決めている」と言っていたので、今日はもう朝食で食べてしまったということなのだろう。

「林部さんもあの日、アウトレットにいたのか」

「違うわよ、駅から二人でどこかに歩いて行くのを見かけただけ。ふーん、あの新しくできたお洒落なアウトレットか。デートにはぴったりねっ」

「いや、あれはデートじゃなくて」

弁明しようとする最中、塩ラーメンが運ばれてきた。智佐は俺が話し出すのを待っているのか、レンゲの中で麺をこねくり回したまま黙っている。彼女の性格上、会社の人間にあることないこと言いふらしたりはしないだろうが、誤解は解いておくに越したことはない。

「兄の代理で買い物に付き添っただけだよ。それに」

「それに？」

「たぶん俺、嫌われた。彼女、途中で母親が体調不良だって嘘ついて帰っちまったんだ」

智佐はまだレンゲの中で麺をくるくるしている。先に来ていた俺はとっくに食べ終わってしまったが、席を立つ雰囲気でもなく、残っているお冷をすすってやり過ごそうとした。

レンゲの中を覗き込みながら智佐が言う。

「あなたって、どうして自分が悪いという前提で物事を解釈するのかしら」

「え？」

すぐには理解できずにいると、智佐はようやく俺の方を見た。くるんと上がった長い睫毛《まつげ》の根元から、真っ直ぐな視線を向けてくる。

「その女性の言葉が事実じゃなかったとしても、彼女が意図して嘘をついたとは限らないわ」

智佐はそう言ったが、俺は今の今までそんなことには全く思い至らなかった。

俺は美濃先生の言葉とあのときの状況から、彼女は俺といるのが嫌で嘘をついたのだと考えるのが一番妥当だと思っていた。

しかし、もしかすると智佐の言うように、自分が人から嫌われるような存在だという俺自身の思い込みのせいで、俺は彼女が嘘をついたという推測をしてしまっているのだろうか。

「もし林部さんの言うように、彼女に嘘をつくつもりがなかったなら、どうして彼女はあんなことを言ったんだろう」

「知ったこっちゃないわよ。あなたの恋人じゃないんなら、私、あの女に何も興味ないもの」

智佐はレンゲに入れた縮れ麺とスープを口に含むと、「んー」と幸せそうに目を細めた。さっきから何度か目が合っているが、智佐の言われたくない言葉は頭に浮かんでこない。やはり彼女に対しては、俺の能力が効かないようだ。

「ごちそーさまでした」

塩ラーメンを食べ終えると、智佐はテーブル上で伝票をさりげなく俺の方に寄せて席を立つ。

俺は何も言わず、苦笑しながら伝票を受け取った。ウィトゲンシュタインの言語ゲーム論を持ち出さずともわかる。ここでの「ごちそうさま」は「支払いよろしく」の意に他ならないのだ。

美濃先生の謎が解決に向かわないまま、新年を迎えた。

職場の人達のほとんどは、親戚が集まる忙しくも賑やかな正月を過ごしたようで、連休のはずなのに全く休めなかったとか言いつつ、幸せそうな笑顔を見せていた。

俺も家族親戚で過ごす正月の経験がないわけではない。両親が離婚する前は、父方の実家で正月を過ごすのが定番だった。

両親の離婚後も正月は父と二人で祖父母のもとを訪れていたが、社会人になって家を出てからは父とも疎遠になり、正月くらい帰ってこいとすら言われていない。年末年始の休暇はいつもの休日と何ら変わらない過ごし方をした。

年明けから一週間が経った頃、兄から電話があった。いつもと違い、兄の声は休みボケを覚まさせるような緊迫した様子だった。

『学校で美濃先生の身に大変なことが起きた。前々からのことと関係あるかはまだわからないが、解決のために知恵を貸してくれないか』

兄は、事件の詳細を教えたいので週末に家に来てほしいと言ってきた。善甫先生も交え、三人で美濃先生を助ける方法を考えたいと。

「いいよ」

『サンキュー！　そういえば、最近本場のコナコーヒーが手に入ったんだ。良い機会だから一緒に飲もう』

「コナコーヒーって、ジン兄、年末年始にハワイなんて行ったのか」

『いいや、同僚の旅行土産だよ。俺は家で母さんとゆっくり過ごしたさ』

両親が離婚してから、兄はずっと母と二人で暮らしている。就職を機に家を出るか迷ったらしいが、実家から職場まではさほど遠くもなく、母の作るご飯が美味しいからと言って思いとどまったそうだ。

今回のように兄に呼ばれて、兄と母のもとを訪れたことは何度かあった。ただし俺一人でだ。父は離婚してから兄にも母にも一切会おうとしなかった。

週末、兄と母の住むマンションに向かった。立地はオフィスビルの並ぶビジネス街の一角だ。住人の入れ替わりは頻繁にあるようだが、風景は昔からほとんど変わらない。

部屋は２ＤＫの賃貸で、同じマンションには一人暮らし、もしくは恋人や夫婦の二人暮らしが多い様子だった。離婚当時、母は勤め先のすぐ近くにあたるこの場所を新居とし、女手一つで兄を育ててきた。

部屋のインターホンを押すと、上下セットの部屋着を着た兄が現れた。

「よく来てくれたな、ヨシ。お、何だその紙袋。土産なんて別にいいのに」

「取引先のケーキ屋が近かったから、パウンドケーキ買ってきた。母さん、甘い物好きだろ」

「ああ、母さんなら休日出勤だぜ。最近、編集長に昇進したばかりで忙しくてさ」

「へぇ……」

ちょっとがっかりしたのを悟られないようにと、つい返事が曖昧《あいまい》になる。母は新卒の頃からずっと同じ会社で働いている。主に人文系の学術書を手掛ける、中堅の出版社だ。

善甫先生はまだ来ていないようだった。リビングのこたつで向き合って座ると、兄はさっそく一枚の写真のようなものを裏返しでこたつの上に置いた。

「この写真が先日、何者かによって学校の廊下の壁に貼られたんだ」

兄が写真を表にする。

写っているのは目を覆いたくなる光景だった。場所はホテルのような簡素な部屋の中。ダブルサイズのベッドの上で、下着姿の美濃先生と若い男の子がカメラ目線で腕を絡め合っている。

そして写真の上から黒いペンで「教師×生徒、禁断の恋！」の文字。

「この男の子は？」

「美濃先生が担任をしている、三年生の生徒だよ」

「……」

写真を見た瞬間は衝撃を受けたものの、落ち着いて見直すと明らかに誰かが仕組んだイタズラだとわかった。写真の美濃先生は化粧をしておらず、あたかもシャワーを浴びた後のようにも見える。しかし、顔と身体の肌色が微妙に違っている。それは男子生徒の方も同じだった。

「ジン兄、これ、合成写真だよな。ネットから拾ってきた誰かの下着姿の写真に、美濃先生と生徒の顔をくっつけたんだ」

「ああ。問題は誰が何のためにこんなことをしたのか」

美濃先生も男子生徒もショックを受けているが、内容が内容なだけに、大事にはしたくないと言っているそうだ。そのため、事件のことは今のところ必要最低限の者にしか知らされていない。

「犯人は美濃先生と生徒の顔写真を持っていて、かつ、写真を貼るために怪しまれず校内に入れる人物。となると、学校関係者に間違いないだろうな」

インターホンが鳴り、兄がモニターを確認すると、玄関前にいる善甫先生の姿が見えた。以前よりやつれたように見えるのは、気のせいではないだろう。

「善甫先生。写真の件、大丈夫ですか？」

「大丈夫なわけないだろう。好きな人がこんな写真で貶《おとし》められたんだからな」

善甫先生は学校でも、美濃先生の身の潔白を必死に訴えたらしい。

そして今、俺達に対しても、写真が合成であることの根拠を次々と挙げ連ね始めた。

「犯人はわざとスッピンの写真を使ってそれらしく見せかけたつもりだろうが、美濃先生は泊まるときも人前では絶対化粧を落とさないし」

「そ、そうなんですか」

「それに下着だって、こんな派手なのは持ってなくて、もっと清楚な……」

「ちょちょちょ、先輩、もういいですって！」

善甫先生は真剣そのものだが、あまりに赤裸々な話になりそうなところを、兄が顔を真っ赤にして止めにかかった。

「善甫先生は俺達より美濃先生のことを良くご存じですが、犯人に心当たりとかはないんですか？」

「いや。美濃先生は恨みを買うような人じゃないし、一緒に写ってる男子生徒も特に目立つところはない子だからな」

結局、犯人については見当もつかないままだ。

美濃先生と生徒がやましいことをしていないのは明らかでも、誰が何の目的でこんな写真を捏造したのかがわからない限り、二人とも不安な気持ちを抱えたままになってしまう。

「コーヒー飲んで気分転換すっか」

兄がキッチンで準備している間、こたつで善甫先生と二人きりになる。何を話していいやらと思っていると、向こうから話題を振ってきた。

「弟くんは営業マンだったな。年末年始はちゃんと休めたのか？」

「あ、はい。何とか」

「それはよかった。どこかに出掛けたりした？」

兄の家のこたつは二人用の小さいサイズで、角を挟んで座るとどうしても距離が近くなる。善甫先生から上手く目を逸らすことができず、三秒経って能力が発動してしまう。

《ちょっと恋人と旅行に》

相変わらず、傷心中に他人から恋の話をされることを嫌がっているのか。

キッチンから兄が戻ってきたが、コーヒーはまだ淹れられていないようだった。手に持っている盆の上には、コーヒー豆入りの袋と空のマグカップ三つ、それに小さな筒形のコーヒーミルが載っていた。

兄が盆をこたつの上に置いた瞬間、思わず「あっ」と声が漏れた。コーヒーミルに見覚えがあったからだ。

「ジン兄、その『無糖派層』って書いてるコーヒーミル、もしかして」

「へへー、国語科の新年会で二位だったたから貰っちまった。だけど」

「だけど?」

「俺は驚いたぜ、ヨシ。お前がこんなに親父ギャグ好きだったなんて」

「ええぇ!? ち、違う! 俺じゃなくて」

何ということだ。しょうもない親父ギャグ入りのコーヒーミルを選んだのは美濃先生なのに、何故か俺が選んだことになっている。

「何だ、真田。これ弟さんが買ったのか？」

「はい。ヨシと美濃先生を会わせる作戦を立てたとき、新年会用の買い出しに付き合うっていう名目にしたでしょう。あのときに買ってきたやつです」

「そうだったのか、ははっ！　弟くん、そんなのを選んで美濃先生にドン引きされなかったか？」

「え……」

むしろこっちがちょっと引いたんだが。

兄も善甫先生も、美濃先生が親父ギャグ好きということを知らないのだろうか。それどころか善甫先生は以前、彼女のことを大人しくて控えめな性格だとまで言っていた。

コーヒーミルを選んだのは俺じゃなくて美濃先生なんだ。そう言いたい気持ちもあったが、ここはひとまず兄達の話に合わせ、俺が親父ギャグ好きだということにしておこう。

コナコーヒーの豆の袋を開封しようとする兄に向かって言った。

「ええと……挽く前なのに粉《コナ》コーヒー、なんちゃって」

「え？　ごめん、よく聞こえなかったからもう一度言ってくれるか」

「いや、もういい……」

兄はコーヒーミルに豆をセットし、ハンドルをゆっくり手で回して挽き始めた。カリカリという音がしばらく続いた後、少し遅れて香りが漂ってくる。普通のコーヒーよりも少し甘い、南国の果物を思わせるような香りだった。

「そうだ。新年会で思い出したんだが、ちょっと妙なことがあってな」

「妙なこと？」

「ああ。美濃先生が急遽欠席しちまったんだ。お母さんがぎっくり腰で動けないって言ってな」

兄によると、新年会が開催されたのは新年最初の金曜日。前日まで美濃先生は出勤していたが、金曜の朝に突然母親が腰を痛めたと連絡があったらしい。

「それだけだと別に妙なところはないと思うけど」

「翌日の土曜日、美濃先生とお母さんが二人で外出しているところを、同僚が目撃してるんだ。ぎっくり腰がたった一日で治ることなんて稀だろ」

同僚が見たのは美濃先生の母親に間違いないという。何度か美濃先生の忘れ物を届けに学校まで来たことがあるので、先生達とも顔見知りなのだ。

「お母さんが腰を痛めたのは嘘ってことか」

「その可能性が高い。問題はどうして彼女が嘘をついたのかってことだ」

すると、兄の話を聞いた善甫先生が、何かを思い出したように言った。

「そういや、弟くんが美濃先生と買い出しに行ったときも、彼女は嘘をついて早めに帰ったんだよな。確かそのときの嘘も、母親が体調不良だと……」

善甫先生には、前のデートが終わった後、デート中の彼女の様子について伝えてあった。美濃先生が喫茶店でメニューを先に選ぶのを躊躇《ためら》っていたことや、母親が体調不良だと言って先に帰ったこと――さすがに俺の能力のことは話すわけにはいかなかったが。

デートを早めに切り上げられたとき、俺は彼女が気分を害して帰りたくなったのだろうと思っていた。そのために嘘をついたのだろうと。

しかし、彼女は国語科の新年会でも似たような嘘をついた。新年会は彼女にとって楽しい行事のはずだ。欠席したくて嘘をついたとは考えにくい。

「ジン兄。念のため聞くけど、美濃先生が実は国語科で浮いてるなんてことはないよな」

「ないない！　うちの国語科は皆、仲良しだから」

兄は豆を挽き終えたが、のんびりコーヒーを飲むような気分でもなく、俺達は考え続けた。

デートのときも、新年会のときも、美濃先生の嘘は母親に関することだった。

そしてデートを早退する直前、目が合ったときの彼女の最も言われたくない言葉はこうだった。

《お母さんは大事にしないとね》

彼女が嘘をついた理由と関係があるとしか思えない。母親を利用して嘘をついたことに罪悪感があったのだろうか。

いや、それなら最初から母親に関する嘘などつかず、別の嘘をつくだろう。彼女が嘘をつく際に母親の話を持ち出したのは、それが必然だったからだ。

「ちなみに先輩、美濃先生のお母さんと会ったことは?」

「いや、ないな。だがそういえば、俺とのデートも、何度か母親の体調が悪いと言ってキャンセルされたことがあったような」

兄と善甫先生も頭を抱えている。

行き詰まりそうになったが、そのときふと、智佐に言われたことを思い出した。

『その女性の言葉が事実じゃなかったとしても、彼女が意図して嘘をついたとは限らないわ』

もし美濃先生が、意図せず事実に反する発言をしてしまったのだとすると。

俺の中にある考えが閃き、改めて学校に貼り出された合成写真に目を向ける。

この写真と、前々からの美濃先生のおかしな言動。俺の推測が正しければ、それらを一度に解決することができる。

「写真の犯人がわかったかもしれない。それに、美濃先生が度々嘘をついて家に帰っていた理由も」

兄と善甫先生は同時に俺の方を向いた。

「弟くん、それは美濃先生が俺を振った理由とも関係あるのか？」

「そこまではまだ何とも……」

犯人が美濃先生と善甫先生を破局に導いた可能性はある。けれど今それを言うと、善甫先生はすぐにでも犯人のもとへ飛んで行ってしまいそうだった。

俺の予想する人物が犯人なら、美濃先生には内緒で犯人と話をつけに行った方がいい。そう思った俺は、兄と善甫先生に自分の考えを説明した。そして、今ここにいる三人で後日、犯人と思われる人物に会いに行こうと提案した。

「一件落着に持っていけたら、美濃先生、惚れ直してくれっかな」

「当たり前ですよ！　一途に頑張ってる先輩、最高にカッコいいです」

兄は善甫先生と顔を合わせてそう言う。能力を使って善甫先生の言われたい言葉を言っているのか、心からそう思って言っているのかわからないところが兄らしいなと思ってしまう。

「ははっ。彼女のことを思うといつも力がみなぎるんだよな」

兄がコーヒー用の湯を沸かしてくると言って席を立った直後、意気揚々としている善甫先生と目が合った。

また思いがけず能力が発動し、彼の言われたくない言葉が頭に浮かぶ。

《好きな人に尽くすのが男にとって一番の幸せですよね》

どういうことだ？

今までにも二回、善甫先生に対して能力を使ったことがあった。そのとき頭に浮かんだ言葉は——。

《僕なんて恋人とはいつも喧嘩ばかりですよ》

《ちょっと恋人と旅行に》

善甫先生は傷心状態だったから、恋愛の話なんてしてほしくないのだろうと思っていた。だが、今は善甫先生にも希望が見え始めている。それでもまだ、彼は恋愛に関する言葉を聞きたくないのか。

善甫先生はいい人だと思う。話した時間はほんのわずかだが、美濃先生を助けようと必死になっていることもわかる。

だが、どうしてだろう。彼に対する小さな違和感が頭から離れないのは。

「じゃーん。ヨシの土産のケーキも切って持ってきたぜー」

兄は俺の不安を打ち消すくらいの明るさでリビングに戻ってきた。

事件解決の前祝いと称し、こたつで三人、コーヒーとケーキを味わった。兄が淹れたコナコーヒーは爽やかな酸味があり、シナモンの風味が効いたパウンドケーキと相性ぴったりだった。

コーヒーを飲み終えてしばらくした後、善甫先生は用事があるからと言って先に帰っていった。玄関まで見送ると、リビングに戻ってきた兄は真っ先にこう言った。

「そういえば、ヨシに言い忘れてたことがある」

「言い忘れてた？」

「ああ。美濃先生のことで……彼女、お前が買い出しに付き合ってくれたことを凄く感謝してたぜ。あまり自分の能力なんかにビビるなよ」

兄は子どもみたいに口元にケーキの屑をつけたままニッと笑う。

考えすぎかもしれないが、ひょっとすると兄が俺に美濃先生の調査を依頼してきたのは、いつも人と関わることから逃げてばかりいる俺の背中を押そうという意図もあったのだろうか。

「コーヒーおかわり飲む？」

「うん……あっ」

こたつの中で兄と足がぶつかった。体勢を変えようとするが、兄の方も俺と同じ位置に足を動かし、またぶつかる。「悪い」「ごめん」と言い合いつつ、何だか可笑しくなってくる。

家族という存在の温かさを感じる。人と関わることの尊さを感じる。

望まずに授かった能力のせいで、俺は人と言葉を交わすのが怖いし、できるだけ人と関わりたくないと思っていた。

だがそれは、自分の臆病を能力のせいにしているだけなのだろうか。この能力があっても人と関わることはできるし、それが俺の望みなのだろうか。

真冬の寒さが一段と厳しくなった、二月初めの週末。俺と兄、そして善甫先生の三人は作戦を決行した。

　不幸なことに、その日は朝から雪がちらつき、夜にかけて大雪になるという予報が出ていた。電車で目的地の最寄り駅まで移動すると、厚手のコートやマフラーを着こんだ兄と善甫先生が待っていた。

「こりゃ、帰る頃には電車が止まってるかもしれないな」

　駅から出て歩いていると、早くも降る雪の量が増し始めた。風が強く傘も差せない中、俺達三人は目的地に向かって歩き続けた。

　雪を被りながら辿り着いた先は美濃先生の自宅。

　そして俺達が話をつけにきた人物は、美濃先生の母親だ。

「インターホンを押すぞ」

　善甫先生が手袋をした指をボタンに近づけ、俺達兄弟は無言でうなずく。

　どうして作戦決行の日に今日を選んだのかというと、美濃先生が確実に外出しているからだ。進路指導に関する外部研修に出席する予定があり、夜まで家には帰ってこないと思われた。

『はい、美濃です』

　思ったとおり、インターホンのスピーカーから聞こえてきたのは美濃先生ではなく、年配の女性の声だった。彼女が美濃先生の母親だ。

「美濃先生の同僚の善甫です。お母様にお話ししたいことが」

『あらぁ、こんな雪の日にわざわざ、ありがとうございます。ですが、今日は午後には一部電車も止まると言われていますし、日を改められた方が』

これもまた思ったとおりだが、すんなり家の中には入れてもらえなかった。兄が善甫先生と位置を代わり、単刀直入に言う。

「学校に貼り出された写真についてうかがいたいんです」

数秒の沈黙の後、彼女は先程より少し低い声で『玄関の鍵を開けます』と言った。現れた彼女の風貌は、美濃先生と似て古風で大人しい印象だった。

「少々散らかっていますが、上がってください」

そう言われて通されたリビングは、散らかっているという発言が嫌みに思えてしまうほど洗練された空間だった。急な訪問にもかかわらず、フローリングの床には埃一つ落ちていない。

「上着とお荷物をお預かりします」

「ありがとうございます。荷物は自分で持ちますのでお構いなく」

鞄の中に入っている写真を抜き取られ、処分されるわけにはいかない。

暖房の効いたリビングには、ローテーブルを囲うようにしてL字型のソファが置かれている。俺達三人は長い方のソファに並んで座り、角を挟む形で美濃先生の母親も腰を下ろした。

「この写真のこと、ご存じですよね」

鞄から取り出した写真をローテーブルの上に置くと、母親は見るやいなや深いため息をついた。

「本当に恐ろしいわ。こんな怖い目に遭うなら教師を続けてほしくないとあの子には言っているんですが、今日も雪の中出て行ってしまうし……」

母親は写真を手に取り、顔をうんと近づけた。

舐めるように写真を見ながら、娘が教師として働いていることに対する文句をぶつぶつと言い続けた。せっかく晩ご飯を作っても、急な残業が入って一緒に食べることができない。休日出勤が当たり前で、家族の時間がない――。

この人は美濃先生に教師を辞めてほしいのだ。そう感じ取った俺は容赦なく、自分の考えを彼女に突きつけた。

「そんな写真を捏造してまで、美濃先生に教師を辞めさせたいんですか」

母親が写真から顔を離す。眉間に深い皺ができていた。

「どういうこと？」

「この写真が合成であることは、誰の目から見ても明らかです。そして、これを作ることができる人物は美濃先生の家族以外に考えられないんです」

この考えに至ったのは、善甫先生から美濃先生の情報を聞いたからだ。合成で使われている美濃先生の顔写真はスッピンだが、美濃先生は外で泊まるときも人前で化粧を落とさないとのことだった。

つまり、化粧をしていない美濃先生の顔写真を撮ることができるのは、一緒に住んでいる家族しかいない。合成写真には美濃先生が担任をしている男子生徒の顔も使われていたが、生徒の写真なんてインスタグラムなどのＳＮＳから簡単に入手することができる。

「しかも、あなたは何度か美濃先生の忘れ物を届けに学校に行ったことがあって、職員とも顔見知りだ。写真を貼り出すためには校舎に入る必要があるけど、あなたなら怪しまれずに入ることは簡単なはず」

彼女はまた、はぁ、と深いため息を一つ。

「急に押しかけてきて、ずいぶん酷いことを言うのね。まるで私があの子の教員生活を妨害しようとしているみたいに……」

「あなたが美濃先生の仕事を妨害しているのではないかと感じたことは、他にもあります」

「なんですって？」

彼女は別人のように顔を引きつらせ、怒りの形相を俺に向けた。

俺が目を付けたのは、美濃先生が二度、母親の体調不良を理由に用事を早く切り上げたり、キャンセルしたりしたことだった。一度目は俺と新年会の買い出しに行ったとき。二度目は新年会の当日。

そして二回とも、状況から考えて母親が体調不良だというのは嘘であるように思われた。

最初、俺は美濃先生が自らの意思で嘘をついたのだと思いこんでいた。だが、嘘をついたのは美濃先生ではなく、母親の方だったのだ。

「あなたは度々、出先の美濃先生に嘘の体調不良を訴えて、強制的に帰宅させていたんじゃないですか」

おそらく美濃先生も、母親の体調不良が嘘だということに勘づいている。一緒に買い物に行った日、帰り際に目が合って俺の能力が発動したとき、彼女の言われたくない言葉はこうだった。

《お母さんは大事にしないとね》

美濃先生自身、母親に対して不信感を募らせているからこそ、そんなことを言われたくなかったのだ。

母親は俺達の誰とも目を合わせようとせず、膝の上で固く拳を握った。

兄が追い打ちをかける。

「近所で日曜日に開いている所がないはずなのに病院に行ったと言ったり、ぎっくり腰になったと言いながら翌日には美濃先生と出掛けていたり……失礼ですが、あなたの言動には疑わしいところしかないんです」

これだけ根拠を並べられれば、白状して、どうしてこんなことをしたのかという胸の内を話してくれるのではないかと思った。

しかし、涙ぐみながらも、母親は俺達を真っ向から非難し始めた。

「酷い……酷いわ。あなた方の言ったことの中に確実な証拠は一つもないじゃない。私が一番疑わしいというだけで、犯人だと決めつけられるのは心外よ」

今度は俺達の方が言葉に窮する。

確かに、一連の出来事の中で彼女が一番疑わしい人物ではあるが、確固たる証拠というものはない。体調不良については嘘ではなく齟齬《そご》があっただけなのかもしれないし、写真の件も彼女が犯人だという物的な証拠はない。

「そもそもね、実の親が子どもの人生を邪魔しようとしているなんて、普通の人は考えないわよ。ひょっとして、あなた達――」

母親は容赦なく、俺達にナイフのような言葉を突きつけた。

「あなた達、親をちゃんと大切にできていないんじゃないの？」

彼女の涙はすっかり引いているようだった。

不覚にも両親のことを思い出し、俺は何も言えなくなる。隣にいる兄も俺の気持ちを察したのか、不用意なことは言えないという様子だった。

「やっぱり！　そうじゃないかと思ったのよ。最近流行ってるものねぇ、毒親って言葉。きっとあなた達も、自分の人生が上手くいかないのを親のせいにしているのね。自分が親を大切にしていないから、そんな推理ができるのよ」

まくし立てられた俺は、彼女の方を真っ直ぐに見ることができなかった。

兄や善甫先生に助けを求めることもできない。もともと、二人は俺が言い出すまで、美濃先生の母親を疑うことは一切しなかった。

自信を持って出した考えのはずだったのに、今彼女に責め立てられると、自分が穿った見方をしていたかのように思ってしまう。俺が美濃先生の母親を疑っているのは、親という存在自体をよく思っていないからなのか——?

「てめぇ、いい加減にしろよ!」

母親から一番遠いところに座っていた善甫先生が、突然ローテーブルの端にバンと手をついて立ち上がった。

「先輩。将来、自分のお義母さんになるかもしれない人に向かって……」

「今はそんなの関係ないだろう。お前ら兄弟の事情も知らないようなやつに、好き勝手言わせておいていいのか」

隣にいる兄がなだめようとしても、善甫先生は怒りを収めない。俺達兄弟の親が離婚しているのを知っていて、擁護しようとしてくれているのだ。

「先輩、俺達は大丈夫ですから」

兄が善甫先生に訴えかける。

「俺達の両親は、毒親なんかじゃない……」

決して声を荒らげていないのに、兄の様子にはどこか鬼気迫るものがある。それが余計に、俺達家族のどうしようもない状況を表してしまっていた。

もうやめてくれ。

そう叫びそうになったとき、突然リビングの扉が開いた。

激昂していた善甫先生は、扉の方を振り向いたとたん絶句した。外の冷たい空気をまといながら、部屋の中に入ってきた人物は、なんと美濃先生だった。

「あなた、どうしてこんなに早く帰ってきたのよ」

「どうしてって、お母さんがメールしてきたんじゃない。急に高熱が出て動けなくなったって」

「あ……！」

母親は思い出したように、ローテーブルに置いていた自分のスマホに目をやった。おそらく俺達の来訪前にメールを送っていたのだろう。

彼女は今日も仮病を使って、美濃先生を出先から連れ戻そうとしていたのだ。だから最初は俺達を帰そうとしたが、写真のことを話題にされ、帰すわけにはいかなくなった。

そして俺達と口論になるうちに、美濃先生にメールしたことなどすっかり忘れてしまったというわけだ。

「どういうこと？　お母さん、元気そうに見えるけど」

「いえ、ええと……あのメールを送った後、急に熱が引いて」

美濃先生は一瞬寂しそうな目をした後、何かを諦めたように母親から視線を逸らしてこう言った。

「まぁ、どっちみち研修は大雪で中断になったんだけどね。電車が止まるかもしれないから、参加者の安全を第一にってことで」

母親はよろよろと立ち上がり、リビングのカーテンを開けて窓の外を確認する。話し込んでいたせいで全く気づかなかったが、外の天気は吹雪と言ってもいいくらいの横殴りの大雪だった。

しかし、そんな中を帰ってきたばかりであるはずなのに、部屋に入ってきた美濃先生の髪や衣類は雪で濡れている様子がない。さらに、俺達兄弟や善甫先生がこの場にいるのを見ても、美濃先生は全く驚きを示さなかった。

「まさかあなた、廊下でずっと聞いていたの？　私達の話を」

カーテンを持つ手を震わせながら母親が尋ねると、美濃先生はうなずいた。彼女はずっと前に帰ってきて、密かに俺達の会話を聞いていたのだ。雪で濡れたところが乾くくらい長い間。

「み、美濃先生。これは、その……」

善甫先生は再びソファに座ることもできないまま、美濃先生の方を向いて何とか取り繕おうとする。彼女に内緒で母親と話をつけようとしたのに、完全に計画が狂ってしまった。

美濃先生が善甫先生の前に歩み出る。

「もういいの、善甫先生」

「え？」

美濃先生がマフラーを外すと、隠れていた口元が露わになる。全てを悟ったような、覚悟を決めたような微笑をたたえていた。

「いいのよ、善甫先生が怒らなくても。お母さんに怒らなきゃいけないのは私なんだから。私、本当は前から全部気づいていたの。体調不良が嘘だってことも。写真を使ってデマを流そうとしたことも」

やはり美濃先生は母親の行為に気づいていたようだ。気づいていながら、母親のメールを信じているふりをして、出先から帰宅し続けていた。母親思いの娘であり続けようとしていた。

その葛藤が、彼女の最も言われたくない《お母さんは大事にしないとね》という言葉の理由だったのだ。

美濃先生は更に何か言おうとしたが、母親がそれを遮るかのように、ぴしゃりとカーテンを閉じた。

「あなたまで、こいつらと同じことを言って私に罪を着せようとするのね！　私がどれほど家族を……あなたを愛していると思っているの！」

必死にそう訴える母親を見ていると、ここにきて、どうしていいかわからなくなってしまった。

彼女が家族を愛しているのは本当だろう。彼女のすぐ後ろに見える窓際の壁には、フォトフレームに入った家族の写真が何枚も飾られている。

赤ん坊の美濃先生を抱っこする、若い頃の母親の写真。家族三人で出掛けたときの写真。それに大学の卒業証書を広げる、袴姿の美濃先生の写真。

彼女にとって、家族は何よりも愛おしい存在なのだ。

「知ってるよ。お母さんが家族を大好きだってことは」

「だったらどうして私を疑うの！」

確かに愛しているはずなのに、愛とは程遠い剣幕を見せる母親。

そんな母親に向かって、美濃先生は静かに、自らの胸の内を話し始めた。

「疑いたくなかったよ。だけど……見てしまったの。お母さんがあの合成写真を作った決定的な証拠を」

「そんなの、どこにあるって言うのよ！」

母親に心当たりは全くないようだった。しかし、続いて美濃先生が語った真実はあまりにも残酷なものだった。

「お母さん、家族の写真は共有できるようにしたいって言って、皆のスマホの写真を一つのパソコンでバックアップするように設定してたよね」

「それが一体……ま、まさか」

「お母さんは写真をスマホで合成して印刷した後、スマホの端末からはデータを消去したんでしょ。だけど、パソコンのバックアップフォルダに残っていたのよ。学校で貼り出されていたのと全く同じ合成写真と、その材料になった写真――私や男子生徒、それにホテルの部屋で抱き合う男女の写真が」

母親は顔を青くして絶句する。

間違いなく、そこに愛はあったのだろう。家族と写真を共有したいと願うのも、家族が仕事で不在になりがちなことを嘆くのも、愛があるからこそだ。だがその愛は今や執着に変わり、美濃先生をがんじがらめにしてしまっている。

「お母さん。お母さんが私を大好きだってわかってたから、私、今までずっと何も言えなかった。だけど、そのせいでこんなことになってしまったのよね。合成写真で騒ぎを起こして、私の大切な人達まで巻き込んで」

大切な人という言葉が美濃先生の口から出た瞬間、善甫先生がほんのわずかに身を震わせる。

「こんな関係でいるのは、私にとってもお母さんにとっても絶対に駄目。だから言うね……お母さんは、娘が自分から離れることを心配しすぎているのよ」

美濃先生は、幼い頃から抱えていた母親への思いを初めて打ち明けた。

「お母さんは昔からいつも、私がお母さんの理想に合わないことをしようとしたら、今みたいな顔で怒鳴った。服も、友達関係も、将来の夢まで……安定した仕事だから、将来は絶対教師になるようにって」

美濃先生が教師になったのは、母親に強く勧められたからだったのだ。

しかし、いざ美濃先生が教師になると、母親は彼女の仕事を妨害するようになった。娘が自分から離れていくことを恐れて。

「教師は思っていたよりずっと楽しい仕事だったわ。だけど学校のことが忙しくて、家にいる時間が少なくなったとたん、お母さんは外出中の私に体調不良のメールを送ってくるようになった」

俺は彼女と買い出しに行った日のことを思い出した。

そして続く彼女の話を聞くうちに、疑問に思っていた多くの謎が明らかになっていくのだった。

「お母さんの理想に合わせて生きるだけの人生はもう嫌。だけど……今まで全部お母さんの言うとおりにしてきたから、自分が何をしたいのか、何が好きなのかもわからない。友達と外食するとき、メニューを見て選ぶことさえ苦痛なのよ、私」

　俺も彼女と一緒に出掛けた日、買い物の後で喫茶店に入った。メニューを見せようとしたときに目が合い、彼女の最も言われたくない言葉はこうだった。

《何を頼みますか？》

　さらに、その前の買い物で、選んだ商品を俺に見せてきたときの彼女は《そんなのでいいんですか》という言葉を嫌がっていた。これまでの人生で全て母親に決定権を委ねてきた美濃先生は、自分の選択に自信がなく、自分の意思で何かを選ぶことが困難になってしまっているのだ。

　だとすると、彼女が善甫先生に別れを告げたときも――。

「ああ、そう！　産み育てた親に対してそんなことが言えるなんて……悪魔のような子ね、あなたは！」

　再び顔を上げた母親の怒声が、俺の考えを遮る。

今度は怒るだけでは済まなかった。母親はあっという間に美濃先生と距離を詰め、薄ピンク色のダウンジャケットを着た美濃先生の腕をつかむ。

「今すぐこの家から出ていきなさい！」

「痛っ……ちょっと、落ち着いてお母さん！」

美濃先生は腕を振りほどこうとするが、母親の指先はダウンに食い込むようにがっちりとつかんで放さない。老いつつある小さな身体から、どうしてこんな力が出せるのか。

「お母さん」

そのとき、美濃先生ではない声が母親に向かってそう呼んだ。

母親は美濃先生をつかんだまま、声のする方を振り返る。

声の主は善甫先生だった。ゆっくりと母親達の方に歩み寄った善甫先生は、二人の身体の間に入るようにしてそっと引き離した。どう見ても力では勝てないと判断した母親が、自ら退いたようにも見えた。

「お母さん、大丈夫です。外の人達は決して、美濃先生とあなたを引き裂こうとしているわけではないんです。俺だって……」

「あ、あなたにお母さんと呼ばれる筋合いはないわ！　あなたのこと、知ってるのよ。娘とはもう別れたんでしょう？」

「それは……はい。ですが、俺はまだ……」

　善甫先生はそう言いかけながら美濃先生の方を向いた。あと互いに一歩ずつ近づけば触れるくらいの距離になっていた。母親の見ている前であるにもかかわらず、美濃先生は赤面する。

「ヨシ。まさか善甫先生、こんな場面で告白する気なんじゃないか」

　横から兄が心配そうに耳打ちしてくる。

　確かに告白のシチュエーションとしては全く相応《ふさわ》しくない状況だ。けれど俺には、今善甫先生が告白すれば上手くいくという予感があった。

「大丈夫だ、ジン兄。俺達はずっと勘違いしてた。美濃先生の方も、善甫先生に未練があったんだよ」

　二人が別れた直後、兄が学校で美濃先生と話をしたとき、彼女の言われたい言葉はこうだった。

《あんな男とは別れて正解ですよ》

　当初の俺達はその言葉から、美濃先生に復縁の意思は全くないものだと判断していた。けれど、彼女が自分の選択に自信を持てない人なのだと知った今は、その言葉から全く別の意味が読み取れる。
善甫先生と別れたことについても、美濃先生は自分の選択が正しいかわから
ず、別れて良かったのだと誰かに言ってもらうことを望んでいたのだ。
それにもしかすると、彼女が善甫先生を振った理由も、彼女の意思ではなく母
親に反対されたからなのかもしれない。
彼女は今、ようやく母親の理想に合わせる人生をやめようとしている。善甫先
生が改めて告白するなら、むしろ今が一番いいタイミングだ。
「頑張れ善甫先生……！」
隣にいる兄と一緒に、声を潜めてそう念じる。
善甫先生は正面から美濃先生と向き合い、自らの想いを叫んだ。
「一回振られてしまったけど、やっぱり君が好きだ！　君のお母さんも一緒に必
ず幸せにすると誓うから、どうか俺と結婚してください！」
善甫先生に背を向けられた母親は口をあんぐりとさせている。
美濃先生も一瞬、驚きの表情を見せたが、すぐに照れるような笑みを善甫先生
に向けた。
頬はいっそう赤くなっているようだ。
やった、復縁だ。そう確信し、兄とハイタッチを交わそうとしたのだが。

「ごめんなさい」

美濃先生はそう言って、善甫先生に深々と頭を下げた。

今の今までキリっとしていた善甫先生の表情がみるみるうちに崩れ、踏みつぶされたカエルのような「ぐぇっ?」という声を上げる。

「おいーっ!　ヨシ、どういうことだよ。話が違うだろ」

「え?　ご、ごめん……」

どうして俺が兄に謝っているのだろうと思いつつ、頭は混乱しっぱなしだった。美濃先生はやはり、善甫先生への未練は全くないのだろうか。

「去年あなたからのプロポーズを断ったこと、私はずっと後悔してた。お母さんに反対されたのが理由だったから。偶然だけどプロポーズされる少し前に、お母さんから彼氏はいるのかって聞かれたの。写真を見せてこの人だよって言ったら、これは浮気をする男の顔だって騒がれて」

美濃先生が前に善甫先生を振った理由は、俺がもしやと思っていたことと一致していた。しかしそれなら彼女が今、再び善甫先生を振った理由は何だ。

善甫先生も俺と同じように思ったらしく、簡単には引き下がらなかった。

「君はたった今、もうお母さんの理想に合わせて生きるのは嫌だと言ったじゃないか。俺達が一緒になれない理由なんて、もうないはずだ」

美濃先生は静かに首を横に振る。そして、善甫先生の二度目のプロポーズを断った理由について話し始めた。

その背景には、俺や兄が思い至らなかったもう一つの事実があった。

「お母さんから自由になろうとして、気づいたことがあるの。善甫先生、あなたは私のお母さんに似ている。お母さんと同じで——あなたはいつも、私が自分の理想通りに行動することを求めていたの」

「俺が、君のお母さんと同じだって……?」

呆然とする善甫先生に向かって、美濃先生は悲しげにうなずく。

「あなたは私にとても優しかったけど、私の外見から大人しい性格だと決めつけていた。私がちょっと冗談めいたこと言ったり、怒ったりすると、あなたの顔が一瞬曇るの。それが怖くて、私はあなたの理想に合った仮面を被り続けた。それどころか、あなたに伝わってほしくないから、学校の中では他の人達の前でも仮面を外せなくなった」

美濃先生の話を聞いているうちに、俺が今まで抱いていた疑問が、どんどん解消されていった。

親父ギャグ好きの美濃先生が、兄や善甫先生にはそのように認識されていなかった理由。それは善甫先生の理想を壊さないために、彼女が学校内では親父ギャグ好きを隠していたからだ。

そして、善甫先生が他人を外見で決めつけがちだということも、思い当たることが多々あった。何度か俺と目が合ったときの、彼の最も言われたくない言葉の数々を思い出す。

《いえ、僕なんて恋人とはいつも喧嘩ばかりですよ》

《ちょっと恋人と旅行に》

《好きな人に尽くすのが男にとって一番の幸せですよね》

善甫先生は俺に対し、美濃先生とデートに行ってもいい人止まりだろうと決めつけていた。俺の見た目や雰囲気から、恋愛経験が豊富でないことを期待したのだろう。そして、そんな俺から恋愛に通じているような言葉を聞かされるのが嫌だったというわけだ。

「そんな」

善甫先生は膝から床に崩れ落ちる。嗚咽《おえつ》とともに、彼の目鼻口からあらゆる種類の水が滴り落ち始めた。美濃先生の母親や、俺達に見られていることも忘れ、世界にただ一人ぼっちになったかのような姿でぐずり続けた。

「うぅっ……」

美濃先生はしばらくの間、無言で善甫先生を見下ろし、立ち尽くしていた。しかし次の瞬間、一向に泣き止まない善甫先生に向かってわずかに笑みをこぼし、その後、母親の方を見る。

母親は疲れ果てたのか、いつの間にかソファに座り込んでいた。

美濃先生はゆっくりとその場にしゃがみ、善甫先生と視線を合わせた。そして、さっき外したばかりのマフラーを善甫先生の頬にそっと押し当てながら、こう言ったのだった。

「善甫先生、ほら、これで涙を拭きまショール！」

「はい？」

善甫先生が素っ頓狂な声を上げるのと同時に、何かが床に倒れ込む音がした。見ると、母親がソファからずり落ちてそのまま腰を抜かしていた。

「ヨシ。今の、本当に美濃先生が言ったんだよな？」

初めて美濃先生の親父ギャグを聞いた兄が、俺に助けを求めるような視線を送ってくる。

反応に困っているのは善甫先生も同じのようだった。

「ええと、美濃先生。これはショールじゃなくてマフラーでは？」

「ごめんなさい。どうしてもマフラーでは良いギャグが思いつかなくて」

マフラーとショールの違いって何なんだろうと、美濃先生はこんなところで国語教師らしい好奇心を発揮させ、スマホで調べ始める。

涙でぐちゃぐちゃになっていた善甫先生が、プッと噴き出した。

その声を聞き、美濃先生もスマホから顔を上げてクスクス笑う。

「これが本当の私なの。もうあなたの理想に合わせるのはやめる。だけど、こんな私でもいいなら……私とぜひ結婚してください」

善甫先生は美濃先生から受け取ったマフラーに顔をうずめ、ごしごしと涙を拭った。そして顔を上げると、満面の笑みでこう返事した。

「ぜひ、結婚しまショール！」

母親はもはや虫の息といった表情になっていたが、俺達兄弟は歓声を上げ、二人に祝福の拍手を送った。

お幸せにと言った後、兄は横から俺にこそっと囁いてくる。

「なぁ、ヨシ。もしや、これからは善甫先生が美濃先生に合わせてギャグを言い続ける関係になってしまうんじゃないか」

「はは……。でも、美濃先生が復縁を受け入れた理由は何となくわかるよ」

さっきのプロポーズのとき、善甫先生はこう言ったのだ。「君のお母さんも一緒に必ず幸せにする」と。

美濃先生は母親の執着にも近い愛を一身に背負い、《お母さんは大事にしないとね》という言葉を拒むほどに追い詰められていた。そんな彼女にとって、善甫先生の言葉はどれほど心強いものだっただろう。

一人では困難でも、彼と一緒ならお母さんを大事にできるかもしれない。美濃先生はそう感じたのではないだろうか。

「許して、お母さん。私、産んでもらったことも、育ててもらったことも感謝しているのよ」

美濃先生が、床で腰を抜かしたままの母親のもとへ駆け寄る。

母親はというと、美濃先生と善甫先生の姿を交互に見た後、深いため息を一つついた。しかし、その顔は憑き物が落ちたようでもあった。

「もういいわ。何だか私も、あなたを繋ぎ止めることばかりを考えるのに疲れちゃった」

さっぱりとした口調で「ちょっと一人旅でもしてこようかしら」と母親が言うと、すかさず善甫先生が横から顔を出す。

「何をおっしゃるんですか。娘さんと俺と、三人で行きましょう！」

またクスクスと笑う美濃先生の姿を眺めながら、お似合いだなと微笑ましい気持ちになった。彼らは家族になるのだ。歩調を合わせ、支え合い、長い一本の道を共に歩き続けてゆく。


しかし、一方で自分自身の家族のことを思うと、急に目の前が暗闇に覆われる。俺達家族の道は、ずっと昔に閉ざされてしまった。

頭の中に、離婚直後の父の声が蘇る。父は激昂しながら、何度もこう叫んで俺を殴った。

『お前が家族をバラバラにしたんだ！　何もかもお前のせいだ！』

殴られるのは不本意だったが、父の言ったことはもっともだと、今でも思い返しては胸が締め付けられる。

俺の家族を崩壊させたのは、幼い俺の——まだ能力を得ていない俺の、たった一つの言葉だったのだから。

第三章　褒め言葉の功罪

三月。年度末。

社会全体が慌ただしくなるこの季節だが、うちの会社も例外ではない。決算期に向けた売り上げ目標達成へのラストスパート。年度中に仕上げなければならない諸々の書類。更には四月に新入社員を迎えるための準備なども重なり、毎日目が回りそうになる。

だけど今日は、そういったのとは別の意味で大変なことになっていた。いつもは大人ばかりの職場に、制服を着た高校生達が押しかけてきているからだ。

「これって求人誌になる前の原稿っすよね？」

「う、うん。そうだけど、まだ非公開の情報だから――」

「よっしゃー春休みのバイト先探そうぜー」

「あ、ちょっと！　誌面をスマホで撮影しないで」

いつもテキパキと仕事をこなしている先輩社員達も、子ども達の突拍子もない言動には振り回されっぱなしで、オフィスはてんやわんやだ。

どうしてこんな事態になっているかというと、実は俺が諸悪の根源だったりする。新三年生の行事である職場見学の受け入れ先になってくれないかと、兄から相談されたのだ。ダメ元で社長に相談してみたところ、会社のアピールにも繋がるからという理由で了承されてしまった。

生徒達は複数の班に分かれて、それぞれ興味のある業界の企業を訪問しているとのことだ。うちの会社に来ているのは二十名ほどだった。

「コラ、そこ！　通路を歩くときは邪魔にならないように一列に並ぶ」

引率で来ている兄が見かねて声を上げると、生徒達はようやく大人しくなる。

仕事をしている兄の姿を見るのは初めてだった。新人のうちから大勢の人間を指導したり、注意したりする仕事は教師くらいのものだろう。毎日先輩から注意されてばかりの俺と比べ、兄がずいぶんと大人に見えた。

いや、そもそも兄は昔から大人だった。一緒に住んでいた子ども時代から、両親よりもずっと大人だったことを、ふと思い出す。

「ジン、もう飽きたから外でサボってきていい？」

「お前なぁ。サボるための相談を教師にするなよ……」

生徒からジンって呼ばれているんだな、なんて呑気に見ていたが、一人異質な雰囲気を放っている者がいることに気づく。

ほとんどの生徒が学ランのボタンを一個外して着ている中、その生徒だけはカラーの一番上まで全部しっかりと留めていた。髪型も高校生にしては大人っぽく、整髪料できっちりセットされたオールバックだ。

凛とよく通る声で、彼は他の生徒達に言った。

「皆。社員さん達はお忙しい中、俺達のために時間を割いてくださってるんだ。俺達もしっかり集中して、実のある時間にしていこう」

彼の一声で、場は一瞬静まり返った。

正直、少しヒヤッとした。こんな風に真っ直ぐ正論を伝える生徒は、ふざけるタイプの生徒からは反感を買うのではないかと思われたからだ。

しかし、俺の不安をよそに生徒達は彼にニヤリとした笑顔を向けた。冷やかしを交えつつ、友好的だとわかるような笑みだ。

「ったく相変わらず真面目ちゃんだなぁー、英知《えいち》は！」

「いいぞ、さすが生徒会長！」

からかうような声をかけられると、英知というその生徒は恥ずかしそうな笑みを見せた。まんざらでもなさそうだ。

「俺は真面目なんじゃなくて、やるべきことをやってるだけで……」

「それを真面目って言うんだっつーの！」

一人のツッコミを機に生徒達はクスクス笑ったが、それが収まると先程までの騒がしさが嘘のように、落ち着いて見学するようになった。

俺の隣で、先輩社員が英知の方を見ながら「うちに入社してほしい」と呟く。俺も同感だった。ただ正論を言うだけの人間なら、ここまで周りから慕われることはないだろう。しかし、彼は自分の真面目さを鼻にかけていない。真面目キャラとしてイジられても笑っていられる心の広さがある。

しかし次の瞬間、英知の様子が一転した。

「英知、いつもありがとうな」

そう言った兄に、英知は別人のような冷ややかな視線を投げたのだ。

「真田先生は皆に甘すぎです」

俺は驚いたが、おそらく学校ではいつものことなのだろう。兄は苦笑いを浮かべ、他の生徒達は可笑しそうにまたクスクス笑う。

「英知くらいだよな、ジンのこと真田先生って名字で呼ぶの」

落ち着いていたはずの生徒達が、再び騒がしくなってくる。しかしそのとき、通りかかった一人の社員が生徒達の間に容赦なく割って入った。デザイナーの智佐だった。

「ちょっとアンタ達、邪魔」

今日の智佐は春を思わせる淡いピンク色のワンピース姿だ。その上から同じ色のカーディガンを、いつものようにプロデューサー巻きで羽織っている。

一人の男子生徒が「お姉さん、綺麗っすねー！」と声を上げたが、智佐に睨みつけられて即、口を閉ざした。兄が慌てて生徒をたしなめる。

「すみません、うちの生徒が」

「別に」

兄と智佐が顔を合わせる。そして三秒ほど経った後、兄が何かに気づいたように目を大きく見開いた。

まさかと思っていると、兄が早足で俺の方に歩いてくる。兄弟だとバレて騒がれたくないから、話しかけないでほしいと頼んでおいたのに。

「おい、大変だ。あの全身ピンクの人、俺の能力が効かないぞ」

兄は生徒そっちのけで智佐の方を見ている。智佐はというと、おののいた生徒達に道を空けられながら、颯爽と自分の部署に戻っていった。

「俺の能力も全く効かないんだよ、いつ目を合わせても。前に『私は言葉というものを全く信じてない』みたいなことを言ってたから、それと何か関係があるのかも」

「マジか。というか、そんなに何度も目を合わせてるなんて、ヨシ、あの人とどういう関係――」

兄が俺の名前を呼んだ直後、生徒達の視線を感じた。

「あの社員さん、今ジンにヨシって呼ばれてたよね」

「じゃあ、あの人が、ジンがよく話してる弟さん？　似てねーっ！」

いったい学校で何を話しているんだと思いながら、興味津々で見てくる生徒達と目を合わせないように気を配る。能力が発動したら、俺はこの子達の最も言われたくない言葉を知ってしまう。

再び兄の方を向くと、詫びるように両手を合わせて苦笑してきた。

「いい生徒達だな、明るくて」

「おう。……ただ、残念ながら一人来れなかった子がいるんだ」

兄はそう言って生徒達に視線を向ける。智佐の塩対応が効いてテンションが収まったのか、真面目に見学をしているようだ。

改めて生徒の人数を数えてみる。十九人だ。兄によると、うちの会社には二十人の生徒が割り当てられていたが、今朝その中の一人から欠席の連絡があったらしい。山田《やまだ》という男子生徒で、生徒や教師達の間では「ヤマちゃん」と呼ばれているそうだ。

「絵を描くのが好きな大人しい子なんだ。学級日誌のフリースペースにいつもイラストを描いてきて、褒めてやったら照れ臭そうに笑うような……。だけど二学期の中頃から様子が変わって」

兄の話によると、ヤマちゃんは突然「将来は漫画家になるから勉強はしない」と言い出し、授業中もノートの隅にイラストを描いてばかりいるようになった。そして、三学期に入った頃からは欠席や遅刻早退も目立っているらしい。

「そうか、心配だな」

「ああ。欠席の理由を尋ねても、本人も親も体調不良としか言わないし……」

以前のヤマちゃんの生活態度はいたって真面目で、授業や学校をサボるような生徒では全くなかったという。

「きっと何か事情があるんだ。だから授業中に絵を描いていても、なかなか注意する気になれなくてな」

真田先生は皆に甘すぎる、という英知の言葉をふと思い出す。その英知はというと、散り散りになった生徒達一人一人に声をかけ、集合を促しているようだった。

そういえば、もうすぐ生徒達は昼食の時間だ。俺は社内食堂への誘導係を任されていたことを思い出し、慌てて生徒達を追いかける。

「ありがとう。君が皆をまとめてくれるから助かるよ」

廊下を歩きながら、英知に声をかけた。英知は振り向きざまに俺の顔をじっと見たが、「いえ……」と曖昧な返事をした後、すぐに目を逸らしてしまった。兄や生徒達と話していたときとは随分と印象が違う。

どういうことだろうかと思っていると、頭の中に英知の最も言われたくない言葉が浮かんできた。さっき目を逸らされる前に三秒が経っていたようだ。

《皆のリーダー的存在なんだね》

思いがけず彼の本心を知ってしまい、驚くと同時に申し訳ない気持ちになる。生徒会長になったり、教師顔負けの統率力を発揮したりしていながら、英知はそのことを言われたくないらしい。

高校生は多感な年頃だ。きっと英知だけでなく、他の子達も人に言えない悩みや迷いを抱えながら学校生活を送っているのだろう。

「教師って大変だな、ジン兄」

「え？　何だよ、いきなり」

英知の言われたくない言葉について、兄には話さないでおくことにした。今はヤマちゃんという生徒のことで頭を悩ませているだろうから、これ以上負担を与えない方がいいと思った。


四月。桜が綺麗だと思う間もなく一週間が過ぎ、社内でまだ年度始めのバタバタが収まらない頃、営業部に一人の新入社員がやってきた。

昨年度は新人が入らなかったため、まだ俺が部内で一番の若手だった。年度末に人事異動の内示が出たとき、突然「来年は新人の教育係だから、よろしく！」と上司から伝えられた。

新入社員は入社して最初の週に人事部の下で研修を受け、自社の経営方針や電話対応などのビジネスマナーを叩き込まれる。そのため、一応は仕事をするうえでの基本的な知識や心構えを身につけてから各部署に配属されるという体になっている。

営業部にやってきた火野《ひの》という新人は、一言でいうと明るく活発な男の子だった。男性というより男の子と言った方がしっくり来るような、どこかあどけない言動が目立つ。

「へーっ、この時期に印刷して次の発行日に間に合うなんて凄いですね！」

俺と違って、いつも人の顔を真っ直ぐに見ながら話す。好奇心に満ちた大きな目で。先日見学に来た英知という高校生とは少しタイプが違うものの、優等生だという印象を受けた。

仕事も頑張っているが、一つだけ思うところがあった。内線の電話は積極的に取るのに対し、外からかかってきた電話には一切出ようとしないのだ。内線と外線はコール音の高さが違うので、聞き分けるのは簡単だった。

新人が電話対応に苦手意識を持つのはよくあることだと聞く。俺だって、相手の顔を見なくて済むのは有難いものの、初めて電話に出たときは受話器を持つ手が震えるくらい緊張したものだ。

彼が外線の電話を取りたがらないのは、まだ不安だということなのだろうか。

何か言うべきか否か迷っていたある日、上司から呼び出された。

「徳田、そろそろ新人を営業に同行させろ。どの営業先にするかはお前の判断に任せる」

自分の新卒時代を思い出す。初めて先輩に同行させてもらった先は、今も付き合いが続いているあの居酒屋『大丈夫』だった。

俺もいずれ『大丈夫』を新人に引き継ぐのかもしれないなと思っていると、帰宅後に兄からこんなメールが届いた。

【三年生の担任業務がキツすぎて、早くも心が折れそうだ！　気晴らしに飲みに付き合ってくれないか？】

迷わず承諾し、『大丈夫』を行き先に提案した。新年度で疲れているのは俺も同じだ。無性にあの親子カツ丼を食べたくなった。


兄との飲みは結局なかなか互いの予定が合わず、ゴールデンウィーク直前の土曜日にようやく実現した。平日は俺が連休前の繁忙期、兄も三年の担任業務で夜遅くまで残業続きだったのだ。

テーブル席につきメニューを開くと、以前までなかった新メニューのページが追加されていることに気づく。名物の親子カツ丼の姉妹品として「親子チーズカツ丼」なるものができたようだ。

「この間、新人を連れて営業に来たとき『もうすぐ新メニューが出るよ』とは聞いてたけど、まさかこういうこととは」

「え？　ヨシ、後輩ができたのか？」

俺が誰かの面倒を見ているという想像がつかないのか、兄は大げさなくらい驚いた。最近ゆっくり電話していなかったということもあって、久しぶりに互いの近況について報告し合った。

「新入社員の教育係になっちまってさ。だけど俺、まだ自分の仕事だけでもいっぱいいっぱいなのに、後輩の面倒なんて見れるのかなって不安になってる」

「大丈夫だって。もう営業三年目だろ」

教員一年目から多くの生徒達を見ている兄に比べれば、俺は楽をしているのかもしれない。そう思ったとき、前に聞いたヤマちゃんという生徒のことがふと頭をよぎった。

「そういえば職場見学を休んでた子、新年度はどんな感じなんだ？」

テーブル席周辺に人はいないものの、念のため小声で聞いてみる。メニューを見ていた兄は表情を曇らせて顔を上げた。

「それが、新年度になっても相変わらずの様子だ」

兄は去年から引き続き、ヤマちゃんの担任になった。年度始めの個人面談で、何か悩みがあるのかと問いながら能力を使おうとした兄だったが、三秒経つ前に目を逸らされてしまったらしい。

このままではいけないと思った兄は、他の生徒達にも事情を知らないかと聞いて回った。そんな中で、ヤマちゃんについてある情報を得たという。

「去年同じクラスだった生徒が、ヤマちゃんが学校を休みがちになったきっかけについて心当たりがあると言い出したんだ。あいつ、クラスのＬＩＮＥグループで発言を無視されていたらしい」

生徒達だけで繋がっているＳＮＳでのやり取りに関しては、教師側も簡単には把握できない。気づいたときには既に大きな問題が起きていることも少なくないという。

「生徒の話によれば、発言を無視されることが何度か続いた後、ヤマちゃんはグループを退会したらしい。そして、その頃から学校を休みがちになった」

通りかかった店員に注文が決まったか尋ねられ、一度話を中断する。

ゆっくり料理を選ぶ気分でもなく、ひとまず生ビールと新メニューの親子チーズカツ丼を注文した。

「そうか……大変だな……」

かけるべき言葉が見つからず、中途半端に労るのが精一杯だ。しかも、兄の話にはまだ続きがあった。

「それと、一番気がかりなのは英知だ」

頭の中に、職場見学のときの英知の姿が思い浮かんだ。生徒達を率いる長のような姿。彼も、去年今年と続けて兄のクラスに在籍しているという。ヤマちゃんとは二年連続でクラスメートというわけだ。

「あいつにも他の生徒達と同じように話を聞いたんだが、そのとき三秒目が合って、俺の能力が発動してしまったんだ。あいつの最も言われたい言葉は《お前はＬＩＮＥやってないから関係ないよな》だった」

関係ないと言われることを望んでいる。それは裏を返せば、自分が疑われるのを恐れているということだ。

「英知に、お前は関係ないよなって言ってみたのか？」

「クラスメートに向かって『関係ないよな』なんて、担任として言うわけにはいかねーよ」

「それもそうだな……。彼がＬＩＮＥをやっていないのは本当なのか？」

「ああ。必要な連絡とかは電話とショートメールで十分だからって、入学したときから言ってた」

本当にＬＩＮＥはやっていない。だから自分は無関係だと、英知は主張したいのだろうか。

だが、やはりそう考えるのは違和感があった。彼ならたとえ自分と無関係であっても、苦しんでいるクラスメートを助けようとするように思えたからだ。

ビールのジョッキと料理が一緒に運ばれてくる。店員が席を離れた後も、兄は何も言わず、乾杯をしようともせず、何かを考えているようだった。きっと、今俺が考えているのと同じようなことだろう。

生徒会長として皆をまとめ、周りからもそういうキャラとして受け入れられているはずの彼が、ヤマちゃんの件については逃げ腰になっている。

必然的に、俺の中に一つの考えが浮かんだ。英知が生徒達を扇動してヤマちゃんを無視させたのではないかという考えだ。兄も少なからず彼を疑っているのだろう。だが、英知は人をいじめるような人物ではない。

「おい、ヨシ」

ビールの泡が消えるのをただ見つめていると、一転して明るい声になった兄に名前を呼ばれた。

「飲もうぜ」

「……ああ、そうだな」

ビールはまだ十分に冷たかった。心地よい刺激が喉を通り過ぎて、身体の火照りが落ち着いていく。

兄はそれから一度も学校の話をせず、俺の仕事のことを聞こうとした。例の新人の話をしたが、いつもと違って兄はあれこれ助言をしたり、励ましたりしてこなかった。ビールをちびちびとすすりながら、ただ俺の話を聞いていた。

新メニューの親子チーズカツ丼は、溶けたチーズがカツをほとんど覆い隠していて、見るからに重たそうだった。しかし実際に食べてみると、普通の親子カツ丼よりもペロッと食べられるくらいだった。チキンカツが鶏モモではなく、ササミに変更されているからだ。

「やるなぁ、あの店長さんも」

兄はそう言って、アルコールで顔を赤くしながら笑っていた。

大丈夫か、なんて聞けるはずがなかった。

居酒屋を一歩出た瞬間、空気はしんとなった。住宅地にあるこの商店街は、平日の夜なら仕事帰りの客が行き交っているが、土日は静かなものだ。

歩き出そうとしたとき突然、兄がふらつくような足取りで俺の方に身体を寄せてきた。悪酔いしたのだろうかと思ったが、どうやら様子が違うようだ。

「俺の姿が見えないように隠してくれ、早く！」

「え、どういう――」

兄の視線を辿ると、十代くらいの女の子が二人で立ち話をしていた。

「うちのクラスの生徒だ。この近くに予備校があるから、たぶんそこから帰る途中だと思うが」

兄が言うには、学校の外で生徒に目撃されるとろくなことがないらしい。知らないうちに写真を撮られたり、一緒にいる相手によっては恋人だという噂を流されたり。もはやちょっとした芸能人扱いだ。

「こんなに酔っ払ったところを見られちゃ、教師としての貫禄に支障が」

「わかったから、もうちょっとだけ身体を離してくれるか？　これじゃ歩けないだろ……」

　俺達がもたもたしていても、生徒達は会話に夢中で気づいていないようだ。

「そのロングヘア似合ってないよ。前のショートに戻しなって」

「えー、やだ。ジンがシャンプーのＣＭみたいって褒めてくれたんだもん」

　会話の内容が聞こえてきて、思わず隣の兄をジトっと睨んでしまう。兄は自分の生徒達にまで、彼ら彼女らの望む言葉を言いまくっているのか。

「ジン兄、ほどほどにしとけよ。このご時世、見た目を褒めただけでもセクハラになりかねないんだからな」

　酔いが回った赤ら顔のまま、兄は「女子高生と仲良くて羨ましい？」なんて言いながら笑う。

　置き去りにして帰ってやろうかと思いつつ、再び生徒達の様子をうかがった。

　二人とも私服姿で、首や腕にアクセサリーを何種類も重ね付けして着飾っている。遊びの帰りのようにも見えるが、続いて聞こえてきた会話の内容は完全に受験生のそれだった。

「あーあ、予備校漬けのせいで、学校の宿題全然終わんないや」

「あんたは予備校なくても宿題やんないでしょ」

「もういいや、英知くんに頼んで助けてもらおーっと」

「あ、じゃあ私も！　英知くんなら絶対に間違いないし」

英知の名前が出たとたん、二人の声のトーンが急に高くなった。真面目キャラだとイジられてはいたが、本当に頼りにされているんだなと思った。クラスメートから「絶対に間違いない」と言われる子なんて、自分の学生時代を振り返っても誰も思い浮かばない。

生徒二人は商店街の出口に向かって歩き出した。姿が完全に見えなくなった後、兄が急にこう尋ねてきた。

「ヨシ、明日は日曜日だから仕事は休みだよな」

「え？　ああ、そうだけど」

「悪い、家まで送ってくれないか。かなり悪酔いしちまったみたいだ。何なら、そのまま泊まってもいいし」

兄からそう提案され、もう長年会っていない母のことを思い出した。前に兄の家を訪れたときは休日出勤で不在だったが、さすがに夜は家にいるだろう。

「わかった、送っていく」

母さんに会いたい、という本音は隠しておいた。

駅の方向に歩き出したとき、また前方から歩いてくる高校生の姿が見えた。さっきの二人組と違い、土曜日なのに制服をきっちりと着ている男子生徒だ。

もうすぐすれ違いそうなところまで近づいたとき、彼の顔に見覚えがあることに気づいた。同時に、兄が隣で「英知⁉」と叫ぶ。さっき生徒には見つかりたくないと言っていたが、反射的に声が出てしまったのか。

英知の方も兄に気づき、足を止める。

「お前、何かヤマちゃんのことについて……」

「やめろって、ジン兄！」

居酒屋では話を中断したが、やはり兄はヤマちゃんの件でずっと気を揉んでいたようだ。

英知は無言で兄を見ていた。年度末の職場見学のときから、彼は兄に対してどこか冷たい態度を取っていたが、それは今も同じだった。兄の方を向く英知の顔は、生徒達の中で見せていた完璧な優等生の顔ではない。大人を憎む子どもの、無垢そのものの顔だ。

次の瞬間、英知は俺達に背中を向け、商店街を逆走し始めた。

「待ってくれ！」

兄がその後を追い、俺も二人を放っておけるはずがなく走り出す。周りがちょっとした騒ぎになりそうな走りっぷりだが、幸か不幸か、今は俺達以外に人の姿はなかった。

英知が商店街の出口に辿り着こうとする。出口を抜けると、その先は路地が入り組む住宅地だ。一度でも見失えば簡単に撒かれてしまうだろう。

商店街のゲートを抜け出した英知の姿は、どんどん遠ざかってゆく。その背中に向かって、兄が渾身の力を振り絞るようにして叫んだ。

「英知！　お前が……お前が悪いんじゃないって、ちゃんとわかってるから！」

ずいぶん引き離されていた兄だが、声は英知の耳に届いたようだ。

英知は足を止めた。そして俺達が追いついたと同時に、今にも泣きだしそうな顔で振り返ってこう叫んだ。

「俺はヤマちゃんの態度をたしなめようとしただけだ！　皆にヤマちゃんのことを無視しろなんて言ってない！」

数分後、兄と俺は英知を連れて住宅地の中にある公園を訪れた。英知の家はすぐ近くらしいが、泣いて腫れた目を親に見られたくないと言って、頑なに帰ろうとしなかったのだ。

俺は、さっき兄が英知にかけた言葉を思い出した。

『お前が悪いんじゃないって、ちゃんとわかってるから！』

あれは英知の言われたい言葉だったのだろう。英知が逃げ出す直前、兄は英知に睨まれたときに能力を使っていたのだ。

英知は間違いなく、ヤマちゃんの件について何かしらの負い目を抱いている。だからこそ「お前が悪いんじゃない」と言われることを望んでいたのだろう。兄の言葉掛けを受けて、心を開いてくれればいいのだが。

公園の入口にある自動販売機で、三人分の飲み物を買った。兄と俺は缶コーヒー。兄が英知に何がいいか尋ねると、英知は恥ずかしそうに、甘そうな果汁十パーセントのオレンジジュースを指差した。

「俺、スポーツドリンクも炭酸も苦手なんですよ」

「へぇー、何か意外だな」

「そんなことないです。食べ物の好き嫌いも多いし……俺、皆が思ってるよりもずっと子どもなんですよ」

オールバックの髪を後ろへ撫でつけながら、英知はそう言った。

三人で飲み物を持って公園に入る。ベンチがないので、シーソーの端から順に英知、兄と並んで座り、一人分ほど間隔を空けて俺もその横に座った。

シーソーの他にはブランコと砂場くらいしかない小さな公園は、等間隔で植えられた木々によって周りを囲まれている。木と木の間には街灯がいくつか設置されているが、遊具のところまでは光があまり届いてこなかった。

「ヤマちゃんが休みがちになった原因は間違いなく、皆がＬＩＮＥであいつの発言を無視したことです。だけど、皆はそれを俺のせいにしようとしてる」

薄暗がりの中、英知はやけ酒する大人みたいに、大げさに顎を上げてオレンジジュースをぐいぐい飲んだ。

さっき商店街の中を走りながら、英知は兄に向かってこう言っていた。

『俺はヤマちゃんの態度をたしなめようとしただけだ！』

英知はその経緯について俺達に語り始めた。

去年の二学期、それまで一人で静かに絵を描くのが好きだったヤマちゃんが突然「俺は将来漫画家になる」と公言した。

英知も他の生徒達も、彼の発言をあまり深く受け止めなかった。というのも、ヤマちゃんは絵を描くのが好きなだけで、プロになるために自分の作品を作っている様子はなかったからだ。高校の漫画研究部に所属しているが、部誌でも好きな漫画やアニメのイラストを描いているだけだった。

「そんな感じだから、俺も含めて誰一人、ヤマちゃんの話を本気で受け止めていませんでした。皆で『へー、頑張れ』って聞き流してましたよ。そしたらヤマちゃんのやつ、どんどん変な方向に突っ走るようになっちまったんです」

そこからは、前に兄から聞いた話と同じだった。

以前までは真面目に授業を受けていたヤマちゃんだったが、授業中にもノートの隅にイラストを描いてばかりいるようになった。教師が注意しても「将来は漫画家になるから勉強はしない」と突っぱねる。

「皆が卒業後の進路を真剣に考え始めている中、人生を舐めているようなあいつの言動を見ていると無性に腹が立ってきて……」

ある日の授業中、またヤマちゃんが教師から注意を受けてごねていたところ、英知はすっと立ち上がってこう言ったそうだ。

『君は漫画家になるどころか、そのための努力すらしていないじゃないか。現実を見てちゃんと勉強するべきだよ』

皆のリーダー的存在である英知の言葉にも、ヤマちゃんは耳を貸さなかったようだ。しかし英知のこの行為は、それを見ていた他の生徒達には確実に影響を与えた。

『英知くんもそう思ってたんだ。実は私も――』

私も、俺もと、ヤマちゃんを非難する生徒がどんどん増えていった。

ついさっき商店街ですれ違った二人組の生徒の会話を思い出す。英知くんなら絶対に間違いないと言い切っていた。

高校生はまだ子どもで、自分の行動に自信を持つことが難しい。だから誰か頼りになる人を指針として、いかに行動するかを決めようとする。そんな生徒達にとって、身近で自分の行動の指針にできそうな人物が英知なのだろう。

ヤマちゃんのことについても、本当は各々、前からあまり良くない気持ちを抱いていたに違いない。英知がヤマちゃんを注意したことによって、皆は安心してその気持ちを表に出すようになったのだ。

「皆は口裏を合わせてＬＩＮＥでヤマちゃんを無視したようなんですが、俺はＬＩＮＥをやっていないからすぐには気づかなかったんです」

その直後にヤマちゃんが学校を休みがちになり、英知は皆にクラスのＬＩＮＥグループの画面を見せてもらったという。

進路希望調査の提出期限が迫り、皆が愚痴をこぼす中、ヤマちゃんが「俺は提出しないよー」と発言したきり会話が止まる。そういうことが何回か続いた後、ヤマちゃんはグループを退会していた。

「驚きましたよ。しかも、どうして無視なんてしたのか尋ねたら、皆、英知に協力したいからだって言うんです。英知一人でヤマちゃんを注意するのは大変だと思うからって」

英知は空になったオレンジジュースの缶を、両手でぎゅっと握りつぶした。

「皆、ずるいよ。ヤマちゃんを良く思っていなかったのは皆同じはずなのに、俺一人に責任を押しつけるなよ！」

兄は英知と目を合わせようとするが、英知の方は缶を握った手元に視線を落としたままだ。うなだれる英知の肩に手を置いて、兄は言った。

「皆、英知のことを慕ってるんだよ。英知は皆のリーダー的存在だからな」

兄の言葉に一瞬耳を疑い、「え？」と声が漏れそうになる。

今、兄が言った「皆のリーダー的存在」という言葉は、英知の言われたくない言葉だ。俺は先日の職場体験中、英知に能力を使ってそのことを知った。

兄は日頃から生徒相手に能力を使い、彼ら彼女らの言われたがっている言葉を言うようにしている。英知に関しても、兄なら彼の言われたい言葉を把握しているはずだ。

それなのに今、兄は英知に、彼が望んでいない言葉をかけている？

英知が落ち着くのを待った後、俺達は公園を出ようと歩き出した。ちょうど街灯の下まで来たとき、英知は兄の方を見てぽつりと言った。

「真田先生って優しいですよね。ずっと前からヤマちゃんの絵のことも、よく褒めてあげてたし……」

「そんなことないって」

兄は照れ臭そうに指で頭を掻く。生徒からそんな風に言われるのが、本当に嬉しいようだ。

だから俺は、見なかったことにした。兄が英知から視線を逸らしたとたん、兄を見つめる英知の表情が一瞬にして変わったことを。

街灯に照らされた英知の顔は、敵意の色に染まっていた。

英知を自宅近くまで送り届けた後、兄の家に向かうため駅まで歩いた。終電にはまだ早かったが、それでも夜遅いので電車の本数は少なく、ホームに着いてから二十分近く待たなければならなかった。

「英知を追いかけて走ってるとき『お前が悪いんじゃないってわかってるから』って言ってたけど、あれ、英知がそう言われたがってたから言ったのか？」

「ああ。あいつが逃げ出す前に目が合って、わかったんだ」

「やっぱりそうか……」

　ホームのベンチに並んで座った後、俺達はどちらからともなく口を閉ざし、会話が止まった。

　兄の酔いは英知と話している間にすっかり醒めたようだった。もう俺に送ってもらう必要なんてないはずなのに、兄は当然のように俺を家に連れていこうとする。

　酔ったから送ってほしいというのは、きっとただの口実なのだろう。兄は俺を母さんに会わせようとしてくれている。母さんは少しも会いたがっていないだろうに。

　不意に、兄と一緒に住んでいた子ども時代のことが頭の中によみがえってきた。兄は昔から、いつも相手に、その人の求める言葉を与えているような子どもだった。

『僕はこの家族が大好きだよ』

子鹿みたいな細っこい脚で、父と母の間を行ったり来たりしながら、繰り返しそう言っていた兄。

俺が物心ついた頃から、両親の間はずっと冷戦状態だった。

激務で疲労困憊している父と、共働きでありながら家事育児を一人で負わされる母。今にして思えば、どこの家庭にも割とあることなのかもしれない。何が悪いのかもわからないまま、二人はじわじわと気力体力を削られ、互いを思いやる気持ちを失ってしまったのだ。

両親は家の外では何とか普通の夫婦の体裁を装っていた。一方で、家の中では必要最低限の会話に徹し、関係は冷え切っていた。

そんな両親に、幼い兄はいつもこんな言葉をかけていた。

『お父さん、いつもお仕事ありがとう』

『お母さん、今日もご飯すごく美味しかった』

その瞬間だけ、両親は各々、兄に曖昧な笑みを向ける。しかし、夫婦仲が良くなることは一切なかった。

俺は両親が大嫌いだった。

兄の優しさを踏みにじり続けたからだ。大人が子どもに向けるべき視線を、一度だって兄に向けなかったからだ。

両親よりも兄の方が何倍も大人に見えた。兄は昔からずっと大人で、子どもだったことなど一度もないのだ。

だけど俺は、兄のようにはなれなかった。

『僕はこの家族が大好きだよ』

ある日、いつものようにそんなことを言った兄に向かって、両親の目の前で俺は言い放った。

『ジン兄、もういい。この家はおかしいよ』

それが引き金になった。

もちろん、それまでに家族の土台は限界までぐらついていた。しかし、崩壊を招いたのは俺の言葉に他ならなかった。

その後、兄と俺が知らないうちに、両親は粛々と離婚の手続きを進めたようだ。気づいたときには、俺達兄弟は引き裂かれていた。

大人になって兄から聞いたのだが、両親は兄と俺の性格が合わないと判断したらしい。片方ずつ引き取って、別々に育てた方が良いだろうと。父母共に安定した収入はあったので、子どもを一人ずつ育てるくらいはできるという結論を出したのだ。

どうして合わないなんて勝手に決めつけるんだ。

兄から話を聞いた当初は怒りが込み上げた。しかし、今思えば両親の判断は正しかったのかもしれないとも思う。正反対の能力を得る前から、兄と俺は正反対で、それぞれの能力を得るための素質みたいなものを持っていた。

兄はいつも人を労り、励ます言葉をかけていた。だが俺は、家族に残酷な事実を突きつけるような言葉を放ったのだ。

兄の言葉は人を救う。だが、俺の言葉は――。

兄を連れて家を出ていく直前、母はぽつりとこう呟いた。

『悪魔』

母は父ではなく、俺の方を向いてその言葉を口にしたのだ。

それから何度か会ったとき、母はいつも穏やかに笑っていた。けれど俺は、たとえ今後、母から百万回の笑顔を向けられたとしても、たった一回悪魔と呼ばれたことの方をより鮮明に覚えていてしまうだろう。

父だって、俺に対しては母と同じ気持ちに違いない。

『お前が家族をバラバラにしたんだ！　何もかもお前のせいだ！』

離婚した後、父は何度もそう叫んでは幼い俺を殴った。俺が能力を得て反発する日まで。

両親のことが大嫌いだ。外では取り繕うことができるのに、子どもの前でだけは不機嫌を隠さない両親が。家庭崩壊の原因を全部俺一人に押し付けた両親が。

それなのに、どうして父への罪悪感が止まないのだろう。

どうして母が恋しくなるのだろう。

「ジン兄」

兄に向かって声を振り絞った直後、電車の到着を告げるアナウンスが鳴り始める。兄は口を開いて短い返事をよこしたようだが、何と言ったかは聞き取れなかった。

「ジン兄。俺、やっぱり帰るよ。もう酔いは醒めてるみたいだし、送る必要もないだろう……？」

俺の声は兄に届いたようだが、兄はすぐには同意を示さなかった。電車の車輪の音が近づいてくる中、ベンチから立ち上がろうともしない。

電車が到着し、扉が開いた。人はほとんど乗っていないようで、誰もホームに降りてこない。これを逃したら、次の電車は三十分後だ。

兄はようやく立ち上がり、扉に向かって一人歩き出した。そして振り向きざまにこう言うと、扉が閉まる直前で電車に乗り込んだ。

「いつでもいいから、また遊びに来いよ、ヨシ。母さんも会いたがってる」

そんな嘘はやめてくれ。

母が俺に向かって「悪魔」と呟いたとき、兄は母と手を繋いでいたのだ。聞こえなかったとは言わせない。

心の中で兄に向かって叫んだ瞬間、扉が閉まった。兄を乗せた電車は、俺にとってこの世の果てよりも遠い場所に向かって動き出す。母の待つ家に向かって――。

自宅に帰るため、別の駅まで歩く途中、兄の言葉がずっと頭を離れなかった。

『母さんも会いたがってる』

あのとき、兄と俺は三秒も目を合わせていなかった。兄はきっと、能力を使わなくても、俺の言われたい言葉がわかる。そしてそれは事実ではなく、俺にとってこの上なく居心地のいい嘘なのだ。

そんな風に言葉を使える兄と、今の俺は一秒だって一緒にいたくなかった。

連休が終わり、五月中旬に差し掛かっても、新人の火野は外線の電話を取ろうとしなかった。そして相変わらず、内線の電話は俺よりも早く取る。

これは注意すべき場面なのだろうが、彼にどんな言葉をかければいいか判断に迷ってしまった。新人の中には、注意されただけでも傷ついて出社できなくなるような者もいると聞く。

考えた末、俺は能力に頼ることにした。まず火野と仕事の話をしながら、彼の言われたくない言葉を探ってみる。それを参考に、適切な声掛けについて考えればいい。

「火野、ちょっといいか。引き継ぎたい業務があって」

火野をミーティングルームに連れ出した。もし電話のことを注意するなら、第三者の目がない方がいいと思ったからだ。大勢の前で注意されれば、本人の自尊心が傷ついて、反《かえ》って状況が悪くなるかもしれない。

ミーティングルームは、四人掛けのテーブルと脚付きのホワイトボードが一脚あるだけのこぢんまりとした部屋だ。いつもはテーブルを挟んで斜向かいに座るのだが、今日は目を合わせやすいよう正面に座った。

日常の中で、自ら進んで能力を使おうとするのは初めてだった。以前の自分からすれば考えられないことだ。能力を活用するどころか、人と目を合わせることを避けてすらいたのに。

先日の美濃先生の一件のように、俺の能力も使い方次第で人の役に立つかもしれない。俺は、言葉を使って人と良い関係を築けるようになりたい。人を傷つけるのではなく、人を救える言葉を使えるようになりたい。――兄のようになりたい。

業務の引き継ぎはスムーズにいった。テーブルに広げていた資料を片付けた後、俺は火野に向かって「最近、何か困ってることはないか」と切り出した。

「いえ、徳田さんにも他の先輩方にも良くしてもらっているので、毎日楽しいです！」

返ってきたのは無邪気な回答だった。心の中で火野に詫びを入れながら、能力を発動させる。彼はいつも人の顔を真っ直ぐに見て話すので、目を合わせるのは簡単だった。

《どうして外線の電話に出ないんだ？》

火野の最も言われたくない言葉が頭に浮かぶ。やはり外線の電話に出ていないという自覚はあるようだが、それを責められることを彼は嫌がっている。

外線の電話に出ないのは、不安が原因だろうか。だとすれば、責めるのではなく自信を与える声掛けをすることで、彼の気持ちも良い方向に動いてくれるかもしれない。

「いつも内線取ってくれて助かってるよ。対応もしっかり出来てると思うから、自信が付いてきたら徐々に外線にも出てみようか」

ほんの一瞬、火野は目を丸くした。かなり言葉を選んだつもりではあったが、やはり電話の話をされたことに少なからず動揺しているようだった。

しかし、火野はすぐにいつもの快活な笑顔を取り戻す。

「ありがとうございますっ。自信がなくて外線出れてなかったんですけど、挑戦してみます！」

火野もまた、俺と同じように言葉を選んでいるようだった。彼の振る舞いは二年以上社会人生活をしている俺よりもずっと自然で、好ましく感じられた。

ところが、その日の午後に早くも痛い目を見ることになった。デスクで仕事をしていたところ、後ろから直属の課長に肩を叩かれ、そのまま課長席の方に連れて行かれた。

「さっき火野から聞いたんだが、お前、彼に電話対応を押しつけてるみたいじゃないか」

課長席は島型に並んだデスクの一番端に、島全体を見渡せる形で配置されている。俺は課長席の横に立たされ、他の社員達の視線を感じながら叱責を受けた。

「電話の話はしましたが、押し付けるような言い方はしていません」

「今でも十分電話を取っているのに、もっと取れって言ったんだろう？　押し付けているのと同じようなものだ」

誤解が生じている。火野は内線の電話は積極的に取っていたため、課長は彼が外線の電話を避けていることを知らないのだ。

「ったく、教育係になれば少しはしっかりするかと思いきや……」

俺はうつむいて、ただ嵐が過ぎるのを待った。今、課長はどんな顔をしているのだろう。顔を見て目を合わせれば、俺には課長の最も言われたくない言葉がわかる。彼の弱みを握り、この場を上手く切り抜けられるかもしれない。

だけど、それをしたところで何になるというのだろう。俺はもう、自分の言葉で人を傷つけたり、怒らせたりするのは絶対に嫌なんだ。

「おい火野、大丈夫か？　徳田にいじめられてんだって聞いたぜ」

「大人しそうなやつだと思ってたけど、後輩相手だと態度変わるんだな」

「いえっ、大丈夫ですよ！　指導していただいてるだけなので」

心配する他の社員達に、火野は笑顔で応じている。しかし、自分が外線の電話を取っていないことは決して口にしない。

火野はさっきの俺の声掛けに腹を立てたのだろうか。いったい俺は、何をどこで間違えたのだろう。

周りから冷ややかな目を向けられているように感じ、その場にいられなくなる。コーヒーでも飲んで落ち着こうと席を立つと、給湯室で智佐と出くわした。

「大変ね」

「いや、ええと……」

先程の話は智佐の耳にも入っていたらしい。制作部の島は営業部のすぐ隣にあるのだ。

給湯室の電気ケトルは智佐が今スイッチを入れたばかりのようで、沸くまでにはまだ時間がかかりそうだった。ふつふつという音が大きくなり始めたときに、智佐が突然こう言った。

「まさか、また自分が悪かったって思ってるんじゃないでしょうね」

図星を突かれ、マグカップを握る手に力が入った。前に美濃先生とのデートについて話をしたときも、智佐からは似たようなことを言われた。俺は自分が駄目だという前提で物事を判断していると。俺は実の両親とも上手くいかなかった人間だ。他人と良好な関係を築ける自信なんて、なくて当たり前だ。

だけど、それは仕方のないことだと思った。俺は実の両親とも上手くいかなかった人間だ。

身の周りで何か悪いことが起きる度に、自分が悪かったからだと考えてしまう。新人教育にしても、俺が火野にもっと良い声掛けをしていれば、こんなことにはならなかったと思うのだ。

俺が何も言えないうちに、ケトルの湯が沸いた。智佐はインスタントコーヒーをざっくり目分量でマグカップに放り込み、二人分のコーヒーを淹れてくれた。そして一つを俺に渡しながら言った。

「大丈夫よ、私は信じてないから」

智佐の言葉は少なかったが、俺の悪い噂を信じないということだろうと理解した。智佐は言葉というものを信じていない。変わり者だとばかり思っていたが、今は彼女の存在が大きな救いだった。

そのせいか、俺は今まで誰にも話したことのない自分の能力のことまで、彼女に話したくなってしまった。

「林部さん、ちょっと変な質問をしていいか。『相手の言われたくない言葉がわかる能力』と『相手の言われたい言葉がわかる能力』のどちらか一つを得られるとしたら……林部さんはどちらを選ぶ？」

兄みたいな言葉を使えるようになれば、全てが上手くいくはずだと思った。今の職場でも、こんな風にはならないはずだと。

しかし、そう思っていると智佐は予想外の返事をよこしてきた。

「私は、『相手の言われたくない言葉がわかる能力』の方がいいと思う」

俺が突拍子もない質問をしても、智佐はいつも通り冷静に、俺の目をじっと見て答えた。軽い気持ちで言っているのではないのがわかった。

「嘘……？」

「嘘じゃないわよ。だって相手の言われたくない言葉がわかれば、相手を傷つけないように言葉を選ぶことができるわ」

智佐はツンと斜め上に視線を逸らし、こう付け加える。

「私はいつも思ったことをすぐ口にしちゃうから、そういう人を尊敬するのよ」

俺のことを尊敬すると言われたわけではないのに、急に胸の奥がくすぐったくなる。平静を装いながら、彼女に追加でこんな質問を投げた。

「だけど、相手の言われたい言葉がわかれば、それで相手を幸せにすることができる。林部さんは、そうは思わないのか？」

コーヒーに口をつけようとしていた智佐だったが、俺が問いかけるとすぐ手を止めた。

「望む言葉ばかりかけていたら、相手はじわじわ駄目になっていく」

質問に答えてもらったお礼も言えないまま、智佐はオフィスの方に戻ってしまった。

望む言葉が、相手を駄目にする――？

胸の奥がざわつき、急に兄のことが心配になった。連休前に顔を合わせて以来連絡がないが、たまにはこちらから連絡してみようか。

夜、兄に電話したがすぐには繋がらなかった。多忙なのかと案じつつ、ベッドに入った深夜〇時過ぎに、今からでも話せるかと問うメールがきた。

途端に目が冴えてしまい、メールの返信もせずに直接電話をかける。ワンコールの後、兄は『よぉ、どうした？』と案外元気な声で応じた。

「ごめん、特に用事があったわけじゃないんだけど」

『なんだ？　兄ちゃんが恋しくなったか』

兄はいつもの明るい調子だったが、最近どうかと尋ねると急に口数が減った。ずっと連絡してこなかったのは、やはり学校の問題でがんじがらめになっていたからのようだ。

「俺の方も仕事で色々あってさ、何となくジン兄も同じように苦労してるのかもって思ったら、話したくなって……」

俺がそう打ち明けると、兄は学校でのことを話し始めた。相変わらず様子が変なヤマちゃんと再度面談をし、新たな疑問が浮上したという。

『ヤマちゃんとはこれまで、面談してもなかなか目を合わすことができなかったんだが、この間ようやく能力を使うことができて……』

目が合って三秒経った後、兄の頭に浮かんだヤマちゃんの最も言われたい言葉は、こうだった。

《もう漫画家を目指すのはやめろ》

ヤマちゃんの本当の気持ちがわからない。それは兄も同じのようだ。

彼は今、漫画家になるんだと周囲に対して頑なに言い続けている。にもかかわらず、兄から漫画家を目指すのはやめろと言われたがっている……？

「ジン兄。俺、何か力になれないかな」

『え？』

「美濃先生のときみたいに、俺の能力を使ってヤマちゃんの言われたくない言葉がわかれば、彼を救う手掛かりが得られるかも」

とは言ったものの、俺が能力を使うためには、何らかの形でヤマちゃんと接触する必要がある。正当な理由もなく学校に出向いたところで、怪しまれて目を合わせるどころではなくなってしまうだろう。

すると、兄も俺と同じことを考えていたらしく、こう提案してきた。

『じゃあ、運動会……来週の金曜日に運動会があるから、もし来れそうだったら来てくれるか。ヨシの方も仕事の都合とかあると思うけど』

スマホで通話の画面を縮小し、カレンダーを確認する。来週金曜は、特に外せない商談などもなく、何とか休暇を取れそうだ。

「だけど、その日ヤマちゃんが学校を休んだら？　普段でも休みがちなのに、運動会って結構ハードだと思うんだけど」

『その点はたぶん大丈夫だ。ヤマちゃん、委員会は放送委員なんだが、その中に仲のいい生徒が何人かいる。運動会の時間中、放送委員は自分の出番のとき以外は放送席にいることができるから、気持ちの面では楽なはずだ』

クラスでは浮き気味だと聞いていたヤマちゃんにも友達がいると知り、少し安心する。

「わかった。来週の金曜、有休申請してみる」

ほっと息をつくような微かな笑いがスマホから聞こえた後、兄がこう言った。

『ありがとう、ヨシ。助けてくれ』

通話を切り、ベッドに仰向けになったまま部屋のシーリングライトをぼんやりと眺めた。カバーの内側に虫の死骸らしき黒い斑点がぽつぽつと付いている。

電話で兄に言えなかったが、一つ思い出したことがある。英知のことだ。

いつも生徒達のまとめ役を買って出ている英知だが、彼の言われたくない言葉は《皆のリーダー的存在なんだね》だった。

そして兄から聞いたように、いつも漫画家になると言い張っているヤマちゃんの言われたい言葉は《もう漫画家を目指すのはやめろ》だ。

真逆と言ってもいいくらい性格の違う二人なのに、どこか似通ったものを感じる。二人共、普段の言動と、彼らの望んでいる言葉が一致していないのだ。

有休のことは事前に上司に伝え、無事に許可を取ることができた。今も上からの信頼を失ったままの俺だが、特に渋られることもなかった。

運動会の前日、火野と一緒に社用車で営業先を回った。

「悪いな、明日。急に休み取ることになって」

「いえいえ！　徳田先輩は真面目ですから、きっと何か緊急の用事ができたんでしょ？」

営業に同行させるようになって一ヶ月ほど経つが、火野は社用車の運転にも慣れてきたようだ。俺と話を続けつつ、安全運転を怠らなかった。

「先輩の留守を預かれるように、明日はしっかり頑張ります！」

どこまでも優等生な火野の言葉を聞いて、俺の中にもやもやとした違和感が生じた。

先日の一件があった後、火野は外線の電話にも積極的に出るようになった。だが社内では、俺が新人いびりをしているという噂が定着してしまった。火野は俺と話すとき、そのことに一切触れようとしない。まるで全てをなかったことにしたいかのように。

以前までの俺なら、このまま事を荒立てることなく彼と接していただろう。他人と必要最低限の関わりしか持たないようにしていた頃の俺なら。

だけど今は、そんな自分を変えたいという気持ちが大きくなってきている。

「なぁ、火野」

営業先近くの駐車場に到着し、車をバックさせ始めた火野に呼びかけた。自分でも驚くほど、真っ直ぐで澄んだ声だった。

「え……？」

火野も動揺を隠せないらしい。ブレーキのタイミングが遅れ、奥のブロックに後輪を思い切りぶつけてしまう。車全体が大きく跳ね上がり、停止した直後、呆然とした火野がこちらを向いた。

目が合って三秒経たないうちに、俺はこう尋ねた。

「電話対応のことで、俺の言ったことが何か気に障ったのか？」

火野は一瞬、目を泳がせた。これほど直球で聞かれるとは思っていなかったのだろう。

しかし、すぐに態度を一変させた。エンジンを切った後、車の鍵のストラップに指を通し、くるくると回してもてあそぶ。そして、社内にいるときとは別人のような好戦的な口調で言った。

「先輩ってコミュ力ないですよね」

とっさに言葉が出ず、車内は無音になる。

俺がひるんだ隙を逃さんとばかりに、火野はこう続けた。

「『いつも内線取ってくれて助かってるよ』なんて前置きして、俺をおだてて言うこと聞かせようっていう魂胆が見え見えだし、マジでウザイです」

密室の車内の埃っぽい空気が、息苦しさに拍車をかける。

確かに火野の言うとおりだ。同じ褒め言葉でも、人を喜ばせるための兄の言葉と違って、俺が火野にかけた言葉はあくまで俺自身の都合のためなのだ。

「先輩と初めて話したときから、ずっと思ってましたよ。この人、言葉を使うの下手だなって。その点、俺はいつも努力してるんです。周りの人達と良好な関係を築けるように、会話にも気を配っている」

人の顔もろくに見ようとしない先輩と違ってねと、火野は吐き捨てるように付け足した。

ストラップを回す火野の指先を見る。爪は短く綺麗に切りそろえられ、ささくれの一つも見当たらない。彼の努力はこういった細かな点にも表れている。

それに比べて俺は、社内でもそれ以外の場でも、人と良い関係を築こうと努力したことすらなかった。そういったことから逃げ続けていた。

火野への憤りは消え失せた。俺は静かに、彼に向かってこう言った。

「確かにそうだな。……火野、俺は人と言葉を交わすのが怖いんだ」

火野がストラップを回す手を止めた。不快なものを見るような目で俺を見た。

「そんなのでよく二年も営業を続けられましたね」

「本当にな。だけど俺は変わる。変わらなきゃいけないんだ」

今苦しんでいる兄を助けるために。

「意味わかんねーし」

俺はじっと火野の顔を見続けたが、向こうから視線を逸らされてしまった。火野はそのまま運転席の扉を開ける。外の空気が車内に流れ込み、火照った身体が冷めていった。

俺は不思議と火野に感謝していた。今までの生き方を払拭するきっかけを与えてくれたことが、俺にとっては有難かった。

運動会前日の夜中にはかなりの大雨が降ったものの、幸運なことに当日の朝はよく晴れた。

抜けるような青空の下、駅から高校まで続く緩い下り坂を歩いていると、金網に囲まれたグラウンドが見えてきた。既に整列し始めている体操服姿の生徒達や、手作りの入場門を眺めていると、何だか懐かしい気持ちになる。

しかし、正門から敷地内に足を踏み入れたとたん、穏やかな心地は消え去った。通路沿いに各クラスで制作された旗が並べて掲示されており、そのうち一枚の前に人だかりができていたのだ。

「どうかしたのか？」

「あ……ジンの弟さん！」

俺が声をかけると、一人の生徒が驚いたように指差してきた。三月に職場見学に来ていた、兄のクラスの子だった。

「クラスの皆で作った旗が、今日来たらこんなことになってて」

生徒の群れの後ろから、背伸びをして旗を見る。「三–一 友情永久不滅」の文字と不死鳥の絵が描かれた旗だ。そしてその上から、どう見てもデザインとは無関係である大きな「×」印が墨で描かれていた。

「酷い。せっかく皆で協力して作り上げたのに」

旗作りの中心になっていたという女子生徒は、しゃくり上げて泣いている。

生徒達の話によると、各クラスの旗は運動会前日までに完成させ、所定の位置に掲示することになっていた。兄のクラスはぎりぎりまで時間をかけ、昨日の夕方に出来上がった旗を掲示したそうだ。

それが今日の朝、生徒達が登校したときにはこの有様だったという。

「いったい誰だよ、こんなことしたの」

「普通に考えて、うちのクラスを恨んでるやつだろ」

「それじゃ、やっぱり……」

生徒達はそう言いながら、グラウンドに設置されたテントの一つに目を向けた。屋根の下の机に音響機器らしきものが置かれているので、放送委員の席なのだろう。生徒達はヤマちゃんを疑っている。

ヤマちゃんに向けられた生徒達の疑惑の声が大きくなり始めたとき、グラウンドの方からアナウンスが聞こえてきた。

『まもなく開会式を始めます。生徒の皆さんはグラウンドの所定の場所に並んでください』

英知の声だった。運動会全体の進行も生徒会長の仕事のようだ。

「おい、皆！」

振り向くとジャージ姿の兄が立っていた。教師も何かの種目に出るのか、いつもの黒ぶち眼鏡ではなくコンタクトを着けているようだ。

「いつまでもこんなところにいないで、グラウンドに出ろ」

「だけどジン、クラスの旗が……」

「気持ちはわかるが、皆にとっては高校最後の運動会だ。こんなイタズラのせいで楽しめないなんて悔しいだろ」

兄がそう言うと生徒達も納得したらしく、揃ってグラウンドに駆けていった。

俺と二人きりになると、兄は表情を一変させ、ニッと笑って「来てくれてありがとう」と言う。

「担任はグラウンドに行かなくていいのか」

「副担に任せてるから大丈夫。それより今朝、俺はかなり早い時間に出勤したんだが、そのときにはもう旗に落書きがされてあった。そして、旗の傍にこれが落ちていたんだ」

兄はそう言って、ジャージのズボンのポケットから整髪料らしき缶ケースを取り出した。蓋を開けたところ、誰かの使用済みのポマードのようだ。

「これ、英知が使ってるポマードなんだ。おじさんみたいな臭いがするって、生徒達の間で結構イジられてたから間違いない」

高校生にしては大人っぽいオールバックヘアの英知を思い出す。だが、彼のポマードが旗の傍に落ちていたということは。

「まさかこの落書き、英知が？」

「それはわからない。だが、これが落ちていたということは、英知が旗の傍で何かをしていたのは間違いないだろう」

兄が言うには、生徒会のメンバーは準備のため他の生徒達よりもかなり早く登校している。人目を盗んで旗に落書きするのも不可能ではない。

俺は兄に、今まで黙っていた英知に関することを話した。

「ジン兄。三月の職場見学のとき、英知と目が合って彼の言われたくない言葉がわかったんだ。あの子は『皆のリーダー的存在なんだね』という言葉を嫌がってる」

兄が目を丸くする。やはり予想外だったようだ。兄はこの間、公園で英知にその言葉をかけていた。

「そんなはずは……俺、英知がまだ一年生だったときに、一度彼を相手に能力を使ったことがあったんだ。そのとき、英知の言われたい言葉は『皆のリーダー的存在なんだね』だった」

兄は日頃から、生徒にも彼らの言われたい言葉をかけている。だからこそ、英知にも頻繁にその言葉をかけていたのだろう。

だが、どういう心境の変化があってか、かつて英知が言われたがっていた言葉が、今では彼の最も言われたくない言葉になってしまっている。

「英知が旗に落書きをしたのだとしたら、いったいどういう目的が」

「……………」

グラウンドで英知がテキパキと開会式を進行させている間、兄は何かを考えているようだった。

兄は遠い目をしてクラスの旗を見つめながら、ぽつりと呟いた。

「英知やヤマちゃんの気持ちがわかったかもしれない」

俺には全く意味がわからなかった。なぜ兄が今、英知だけでなくヤマちゃんの名前を出したのか。そして兄の寂しげな横顔の理由も。

「ごめん。係に当たってるから、そろそろ行ってくる。昼休みにまた会おう」

楽しんでいってくれと言い残して、兄はグラウンドに向かった。

それから俺はグラウンドを見るともなく見ていたが、ときどき英知の姿が見えると、自然と目で追っていた。彼はスポーツも万能のようで、クラス対抗のリレーでアンカーを務めている。

『生徒会長の英知くんが一位でゴール！　これぞ文武両道、天は彼に二物も三物も与えてしまったようです！』

開会式は英知が仕切っていたが、競技の間は放送委員が司会進行を担っているようだ。放送席のテントに目を向けると、生徒達はマイクを握って実況したり、音響機器を操作したりと忙しそうだった。

午前の競技が全て終わり、昼休みに入った。生徒達の昼食場所は特に決められていないらしく、グラウンドの客席でそのまま弁当を広げる子も、荷物を持って校舎の方に歩いていく子もいる。

兄を探したが見つからず、電話も通じなかった。諦めて昼飯を買いに行こうかと思っていると、突然マイクを通した生徒の声がグラウンドに響き渡った。

『クラスの皆に謝れよ！　お前だろ、旗に落書きしたのは！』

俺の周りにいる生徒や教師達が立ち止まり、何だ何だとざわつきながら、グラウンドの方を向く。

『おい、これマイクの電源入ったままじゃないか』

『ホントだ、やばっ。ええと……』

ガタガタいう音がしばらく続いた後、ふつりと音声が途絶える。

皆が何事もなかったかのように再び歩き始める中、俺は一人立ち尽くした。マイク越しに聞こえてきた話の内容で、今の状況に察しがついたからだ。兄のクラスの生徒達が、放送委員のテントに集結してヤマちゃんを責め立てている。

テントに駆けつけると、やはり人だかりができていた。今朝、落書きされた旗の周りに集まっていたのと同じ面々。

そして彼らにぐるりと囲まれながら、放送席に座っている一人の男子生徒。深くうつむいているので顔はよく見えないが、彼がヤマちゃんだろう。

「おい皆、見てみろよ。こいつの爪の先、墨みたいなのがついてる」

一人の生徒が、折れそうなほど細いヤマちゃんの腕をつかんで皆の前に引っ張り出す。ヤマちゃんは「痛っ……」と小さく呻いた後、椅子から勢いよく立ち上がって声を荒らげた。

「ああそうだ、俺がやったんだよ！　だけど、悪いのは皆の方だ。皆が俺の考えた旗のデザインに見向きもせず、あんな子どもっぽい絵を選んだから」

「はぁ？　お前、そんな自分勝手な理由で――」

腕をつかんでいた生徒がヤマちゃんに手を上げようとし、他の生徒達が慌てて取り押さえる。

やはり旗に落書きをしたのはヤマちゃんなのか。旗のデザインに他の生徒の案が採用されたからという、単なる嫉妬が動機なのか。

だが、それなら英知のポマードが旗の傍に落ちていたのは何故なんだ。それに兄の言っていた「英知やヤマちゃんの気持ちがわかったかもしれない」という言葉の理由は。

「皆、やめろ。まだヤマちゃんが犯人と決まったわけでは……」

見かねた英知が止めに入ろうとするが、既に収拾がつかなくなっている。

そんな中で現れたある人物の一声によって、生徒達はようやく騒ぐのをやめた。

「そこまでだ、お前達」

兄はテントの端に、生徒達と一線を画すように少し距離を置いて立っていた。

決して騒ぎには乗らないというその姿勢が、彼らに冷静さを取り戻させたようだ。

「ジン。俺達に注意するんじゃなくて、山田に何か言ってくれよ」

ヤマちゃんの腕をつかんでいた生徒がそう訴えるが、兄は首を横に振った。そして、例のポマードの缶をズボンのポケットから取り出し、生徒達の方に向けた。

「今朝、俺がこの旗の落書きに気づいたとき、旗の傍にこの缶が落ちていた」

「それって、もしかして……」

一人の生徒が兄の言わんとすることを察し、英知に視線を向けた。先程ヤマちゃんを責め立てていたときとは全く違う、戸惑い混じりのざわめきが生徒達の間に広がっていく。

「嘘だろ、ヤマちゃんじゃなくて英知が犯人ってこと?」

まだ英知を責めていいものか判断がつかず、生徒達は兄が何か言い出すのを待つ。しかし何を狙っているのか、兄はちらと英知の様子をうかがったきり何も言おうとしない。

誰も身動きが取れない中、事態は更に思いがけない方向に動いた。

「ごめん、皆! 実は俺が朝、登校したときに旗を汚してしまったんだ」

英知は突然そう言い、皆の前で土下座した。シートも敷いていない砂の地面に、額や髪の毛がついている。その様子を見て、生徒達はますます困惑する。

「汚したって……？」

「旗の紐が掲示用のパネルから外れかかっているのを見つけて結び直そうとしたら、手が滑って落としてしまって。昨日の夜に雨が降ったせいでまだ地面がぬかるんでたから、泥がついてしまったんだ」

「じゃあ、あの墨で描かれた×印は？」

「あれは泥を隠すために描いたんだよ。皆に誰かの落書きだと思い込ませるために。そうなれば、俺が疑われることはまずないだろうと思ったから」

生徒全員、拍子抜けしたように、ぽかんとした表情を浮かべている。

リーダー的存在であるはずの英知のイメージが崩れ、全く違う一面が露わになった。自分が疑われないだろうと高をくくって落書きをした狡《ずる》さや、それなのにポマード缶を落として気づかなかった鈍くささ。

「英知くんって、完璧人間かと思ってたけど……」

「意外に俺らと同じようなところもあるんだな」

生徒達は口々にそう言い、英知はようやく顔を上げた。額や髪が土だらけになっている。

これで本当に一件落着なのか。俺の中に微かな違和感が生じ始めたとき、今度はヤマちゃんが英知の傍に駆け寄り、先程より一層大きな声で言った。

「違う！　英知は嘘をついてる。あの落書きをしたのは俺だ。ほら、俺の爪に墨がついてるって、さっき皆も指摘したじゃないか」

いったいどういうことだ。

英知もヤマちゃんも、自分が犯人だと主張している。そして、それぞれに犯人であるという証拠になり得そうな物が存在する。

膠着状態になりかけたとき、兄が英知とヤマちゃんの前に歩み出た。

兄は二人の顔をゆっくりと交互に見た。どちらとも三秒以上目を合わせているようだった。二人の最も言われたい言葉を知ったであろう兄は、何かを悟ったように、静かにこう言った。

「俺にはまだ、どちらが犯人なのかわからない。だけど……英知、ヤマちゃん、お前達が二人とも、犯人になろうとしているということはわかるよ」

英知やヤマちゃんの意図が俺には全くわからない。しかし、兄は能力を使って知ってしまったのだろう。二人の生徒の両方とも、自分が犯人であると言われたがっていることに。

いや、もしかすると兄は、もっと前から二人の意図に勘づいていたのかもしれない。兄は今朝、落書きされた旗を見つめながら「英知やヤマちゃんの気持ちがわかったかもしれない」と言っていた。

「俺は、犯人が誰かなんてどうでもいいんだ。今のお前達の気持ちを聞かせてくれないか……」

兄は平静を装っているようだが、顔には苦痛の表情が浮かんでいる。二人の返事を聞く前から、それが良いものでないとわかっているのだ。

まず観念したように話し始めたのは英知の方だった。

「すみません、俺は嘘をついていました。本当は旗を汚してもいないし、落書きもしてない。今朝この落書きを見つけたとき、犯人になりすますためにポマードの缶を旗の傍にわざと置いたんです」

思いがけない答えに、生徒達が口々に驚きの声を上げる。

「どうして、そんなことしたんだ？　まさか真犯人をかばって」

「違う！　俺は疲れたんだよ。皆のリーダー的存在であり続けることに」

英知の本音を聞いて、彼の最も言われたくない言葉──《皆のリーダー的存在なんだね》——を思い出す。

兄の話では、一年生の頃の英知は、今と逆でその言葉を欲していた。

全てを察したように英知を見つめる兄に向かって、英知は改めて自身の胸の内を打ち明けた。

「中学の頃の俺は、どちらかというとイジられキャラで、リーダーなんて柄では全くなかったんです」

生徒達は驚いた様子だったが、俺は少し納得してしまった。職場見学のとき、英知は周りから真面目キャラだとイジられて笑っていた。あれが本来の英知の姿なのだ。

「一年生のとき、授業のグループワークでジャンケンに負けて班長になったんです。凄く緊張したけど、偶然上手くいって……そのとき真田先生が『英知はリーダー的存在だな』って褒めてくれて凄く嬉しかった」

きっと兄はそのとき、英知に能力を使ったのだ。慣れない役柄を必死にこなそうとしながら、彼はしっかりリーダー役ができていると言われることを望んでいたのだろう。

兄に褒められて嬉しかったという英知だが、話には続きがあった。

「それからも真田先生は何度も同じように褒めてくれた。その度に、俺は嬉しくなった。嬉しかったけど……先生の期待に応えなきゃ、もっと頑張らなきゃって……」

英知の気持ちは、褒められた嬉しさから徐々に、リーダー的であらねばというプレッシャーへと変わっていった。頑張って、走り続けて、ついには生徒会長になって――気がついたときにはリーダー的存在と言われることが耐えがたい重荷になっていた。

言われたかった言葉が、言われたくない言葉へと変わってしまったのだ。

「俺は皆が思ってるような完璧人間じゃない。それをわかってもらいたくて、旗を汚した犯人になりきろうとした……」

英知はヤマちゃんに視線を向け、言った。

「ヤマちゃん。お前も俺と似たようなところがあるんじゃないか」

ヤマちゃんが英知の方を見て目を見開く。どうやら当たっているようだ。

英知に比べると頭一つ分背が低いヤマちゃんは、小学生の中にいても溶け込めそうなほど幼い印象だった。自分で切ったような不揃いな前髪が、テント内に充満した熱気のせいで額に張りついている。

ヤマちゃんは静かに話し始めた。

「旗に落書きしたのは俺だよ。放送委員の準備っていう名目で早く登校して、皆の目を盗んで……」

最初に生徒達が予想したとおり、落書きの犯人はヤマちゃんだった。しかし、次いで語られたその動機は思いもよらないものだった。

「そして自分が犯人だってバレるように、手に墨がついたままにしておいた。これくらい酷いことをしたら、ジン先生が『もう漫画家を目指すのはやめろ』って言ってくれると思ったから」

ヤマちゃんは恐る恐る兄に目を向けた。兄は相変わらず何も言わないが、顔はわずかに青ざめている。

そんな兄に向かって、ヤマちゃんは意を決したように、以前から秘めていた想いを打ち明けたのだった。

「昔から絵を描くのが好きだったけど、上手くないっていう自覚もあった。でもある日、学級日誌の絵を見たジン先生から『プロみたいだな』って褒められて、舞い上がってつい皆に『将来漫画家になる』って言っちゃったんだ」

ヤマちゃんが急に漫画家になると言い出したことは、兄や英知から聞いて知っていた。しかし、そのきっかけは兄の褒め言葉だったのだ。

更にそれが、ヤマちゃんがどんどん崩れていく原因にもなった。

「クラスの皆は誰一人、俺の夢の話を真に受けなかった。だけどジン先生に褒められたのが嬉しかったから、俺はもっと多くの人に褒めてもらいたくなった。何が何でも漫画家にならなきゃってことしか考えられなくなって……」

ヤマちゃんは漫画家になるから勉強はしなくていいと頑なな態度をとるようになり、それが原因となってクラスで孤立した。教室に居づらくなり、学校を休むことが増えていった。

「こんなの良くないって、とっくに自分でも気づいてた。だけど、もう自分で自分を止められない」

ヤマちゃんはここまで意地を張ってきた手前、自分自身の意思では後に引けなくなっている。

すがるような目を兄に向けて、ヤマちゃんはこう言った。

「俺の絵を褒めてくれたジン先生から『もう漫画家を目指すのはやめろ』って言われたら、諦めて楽になれると思った」

兄はおそらく、前にヤマちゃん相手にも能力を使っていたのだろう。そして彼が絵を褒められたがっていることを知り、その通りの言葉をかけた。

それが今、こんな結果を招いている。

俺はようやく英知とヤマちゃんの本心を理解した。二人とも、兄に褒められたことが最初は嬉しく、しかしそれが後に「もっと頑張らなければ」「もっと褒められたい」という強迫観念にも似た感情に変わってしまったのだ。

俺が兄にかける言葉を失ったままでいると、英知が歩み出て言った。

「旗のことで皆に嫌な思いをさせたのは、俺やヤマちゃんが悪かったです。だけど先生、わかってください。生徒を喜ばせるための先生の言葉が、生徒の重荷にもなりかねないということを」

以前から英知は、兄のことを良く思っていないようだった。彼は知っていたのだ。生徒の欲しがる言葉を与える兄の声掛けによって、反って苦しんでいる生徒もいるということを。

そして。

『望む言葉ばかりかけていたら、相手はじわじわ駄目になっていく』

職場で智佐に言われたことを、今になって痛感する。無言で立ち尽くしている兄も今きっと、俺と同じ痛みを感じている。

俺は兄のような言葉を使えるようになりたいと願っていた。そうなれば、きっと世界が変わると信じていた。

けれど今、その信念は根底から覆された。

もはやどんな言葉を使っても、人と人は永遠にすれ違い続けるしかないように思えてしまうのだ。

第四章　別れの言葉は、光のように

梅雨入りが発表された六月初めの週。

その日の夜、俺は仕事終わりに居酒屋『大丈夫』にて兄を待っていた。二人とも早めに退勤できそうな日を選んだのだが、九時を回っても兄は姿を現さない。三年の担任が忙しいというのは本当らしい。

兄と会う約束を取り付けたのは俺の方からだった。きっかけは数日前にかかってきた、兄の先輩にあたる善甫先生からの電話。

『運動会が終わってから、真田の様子がおかしい』

善甫先生が言うには、兄は毎日出勤しているし、表向きは明るく振る舞っている。しかし、生徒とは以前より距離を置いているように見えるとのことだ。

『何故か、生徒と目を合わせないようにしているみたいなんだ』

電話でそう伝えてきた善甫先生は、俺達の能力のことを知らないため困惑しているようだった。しかし、俺には兄の気持ちがわかった。今の兄は、前までの俺と同じように、自分の能力を恐れてしまっている。

運動会での英知とヤマちゃんの騒動があった後、兄はヤマちゃんの保護者からも責められたらしい。お前が必要以上に息子の絵を褒めたせいで、息子は崩れてしまったのだと。

俺は改めて店の入口に目を向ける。テーブル席のため、カウンターの中にいる店長と話して気を紛らすこともできず、一人でビールを呷るしかない。

すると、入口の半のれんが動いた。半袖のTシャツを着た兄は、俺の姿を見つけると大きく腕を振ってくる。

「おつかれ。何にする？」

「んー、とりあえずビールと餃子と……」

何だ、案外元気そうじゃないか。

兄はいつも以上によく喋った。やはり三年の担任は忙しいということ。善甫先生と美濃先生が順調に結婚へと進んでいること。

それから俺の仕事についても色々と聞いてきた。

「新人指導は上手くいってる？」

「いや、あんまり……」

新人の火野と俺は今でもぎくしゃくした関係が続いている。俺の顔色が冴えないことに気づいた兄は、鞄から一冊の新書を取り出した。

「よかったら、これ読んでみるか」

「『幸せにする声掛け』……？」

「今、結構話題になってる本なんだぜ。ちなみに編集者は誰だと思う？」

まさかと思ったが、兄から受け取った本の中身を見ると、著者による謝辞の中に母の名前があった。

【最初に編集を担当してくださった福本亜蘭《ふくもとあらん》さん、

そして福本さんから引き継いでご指導くださった真田礼子《さなだれいこ》さん】

著者の名前を見ても俺にはぴんと来なかったが、兄が言うには最近人気上昇中の若手心理学者らしい。本の発行日はつい最近で、来月には著者と担当編集者による公開のトークイベントが開催されるとのことだった。

「すげえよな、母さん」

そう言ってビールを飲み干す兄。母が凄いのはもちろんだが、本のタイトルと今の兄の状況を照らし合わせると、不意に胸が締め付けられた。

「ジン兄」

酒のおかわりを選ぼうとメニューを見ていた兄が、顔を上げる。

「ジン兄、生徒と目を合わせようとしてないって、本当か」

「えっ……」

「善甫先生が電話で言ってきたんだ。運動会が終わってから、ジン兄の様子が変わったって」

兄は通りがかりの店員に追加のビールを注文した後、こう答えた。

「もう、能力を使って相手の言われたい言葉を言うのはやめることにしたんだ」

それ以上のことを兄は何も言わなかったが、理由はわかる気がした。

兄は今まで能力を活かして、相手に望む言葉をかけ続ける日々を送ってきた。自分の言葉は相手にとっての救いになると信じていたからだ。

しかし先日、兄の言葉が一因となって大切な生徒を苦しめてしまった。

能力の使い方、ひいては言葉の使い方について、兄が考えを変えた気持ちは痛いほどにわかる。だが――。

「気持ちはわかるよ。だけど、それで生徒と目を合わせることすら避けるなんて、いくらなんでも極端すぎやしないか」

すると兄が俺の顔を見た。睨んでいると言ってもいいくらいの表情だった。

互いの能力のことを知っているので、これまでじっと顔を見合わせたことはない。しかし、今の兄は俺を真っ直ぐに見ていた。

目が合って三秒が経ち、俺は初めて、兄の最も言われたくない言葉を知った。

するとその瞬間、俺の中にも以前と全く違った考えが湧き出てきた。俺はこれまで、相手の言われたくない言葉を知ったとき、できる限りそれを相手に伝えないようにと思っていた。

しかし今は、兄にその言葉を言わなければと思った。言わなければ、兄がこのまま深い暗闇の中に迷い込んでしまうような気がして。

店内は多くの客達で賑わっている。そんな熱っぽい空気を思い切り吸い込んだ後、俺は兄に向かってその言葉を叫んだ。

「ジン兄らしくねえ!」

兄は一瞬、放心したように目を見開いた。しかし、すぐに先程よりずっと強く俺を睨みつけた。怒りよりも悲しみの方が上回る表情に見えた。

兄は振り絞るような声で言った。

「俺らしくないだと。じゃあ聞くが、俺らしいってどういうことだ。お前は今まで、俺が俺の思うままに振る舞ってきたとでも思っているのか……？」

胸に鋭い痛みが走った。

俺は今まで、兄は人と関わることが好きな人物だと思ってきた。人の世話を焼いたり、人を助けたりすることが好きな人物だと思ってきた。

しかし、そんな俺の認識を打ち砕くかのように、目の前にいる兄はこう言うのだった。

「俺が今までどれだけ他人に気を遣ってきたと思っているんだ。俺らしさなんて……そんなものを考えられる余裕なんて、俺には全くなかったんだ！」

兄の叫びは一瞬にして店内の雑音に飲まれてしまった。俺の中で、四半世紀近く抱いていた兄に対する思いが覆った。

幼い頃、いつも不機嫌な両親に向かって、笑顔で声をかけ続ける兄の姿。

『お父さん、いつもお仕事ありがとう』

『お母さん、今日もご飯すごく美味しかった』

『僕はこの家族が大好きだよ』

俺は、それが兄の本当の姿だと信じて疑わなかった。しかし、そうじゃなかったのだ。兄は本当の自分の気持ちを押し殺して、家族を守ろうとしていただけだ。本当は今みたいに怒りたかったし、叫びたかったに違いない。

「ごめん……」

べそをかく子どもみたいに謝ると、兄は一言「ヨシが悪いんじゃないよ」と言った。そしてしばらく虚空を見つめた後、もう一言。

「本当は、ずっと昔からわかってたんだ。相手に望む言葉を与えるだけではいけないって」

「え？」

兄の口から意外な言葉が出て、思わず反論してしまう。

「何を言ってるんだよ。ジン兄が言葉で励まし続けたからこそ、母さんは元気になれたんじゃないか」

兄は能力を上手く使っているように見えていた。離婚直後は打ちひしがれていた母も、兄の優しい言葉を受けて元気を取り戻し、仕事も順調にいっていると聞いていた。

しかし兄は、母に関しても、今まで俺に隠していることがあった。

「今の母さんは、傍から見れば凄く元気で、仕事も難なくこなしてるように見えると思う。だけど、本当は違うんだ」

兄は声を詰まらせながら言った。

「俺の言葉掛けのせいで、母さんは心を壊してしまっている」

「そんな……」

その後、兄の口からこぼれ続ける一つ一つの真実を、俺はただ黙って聞くことしかできなかった。

「離婚して今の家に引っ越したばかりの頃、母さんは毎日俺に色んなことを謝った。こんな狭い家に住むことになってごめん、小学校を転校することになってごめん、私が仕事ばかりで寂しい思いをさせてごめん……って」

そのような母の姿が、兄の能力を目覚めさせるきっかけになった。兄は毎日母の顔を見ながら、考えを巡らせていたらしい。どうすれば母を笑顔にすることができるか、どうすれば母を励ませるか……。

そしてある日、いつものように「ごめんね」と言う母の顔をじっと見たとき、兄の頭の中にこんな言葉が浮かんできたそうだ。

《お母さんのせいじゃないよ》

俺が能力を得たときと全く同じように、兄は直感的にそれが母の最も言われたい言葉なのだとわかった。それから兄は、母が「ごめんね」と言う度に、母の望む言葉をかけるようになったのだ。

『離婚したのは、お母さんが悪かったからじゃないよ』

『家事を手伝わなかったお父さんが悪かったんだよ』

『ヨシが「この家はおかしい」なんて言ったのが悪かったんだよ』

兄がそういった言葉をかける度に、母は涙ぐみながら微笑んで、兄の頭を撫でた。仁史は本当に優しい子だねと言いながら。

自分の能力のおかげで、母が笑顔を取り戻した。嬉しくてたまらなくなった兄は、それからも母が落ち込んでいると、すぐに顔を覗き込んで母の言われたい言葉を確認するようになった。

母の言われたい言葉はいつも《お母さんのせいじゃないよ》だった。兄は母にその言葉をかけ続けた。

母のせいじゃなく、別の人が悪いんだという理由を添えながら。

『仕事が上手くいかなかったのは、上司の教え方が悪かっただけなんだ』

『ママ友から悪口を言われたのは、向こうが変に誤解したからだよ』

兄の言葉掛けで、母は一見、どんどん元気になっていくようだった。そして「仁史は優しい子」と、穏やかな声で歌うように言い続けた。

しかし、それが後に、母の心が壊れる原因になったのだと兄は言う。

「俺の言葉は、母さんにとって麻薬のようなものでしかなかったんだ」

年月が流れるにつれ、母は兄以外の人の言葉を受け入れることができなくなっていった。自分にとって都合の悪い言葉を口にする人を、頑なに拒むようになってしまったのだ。

「母さんは職場ではどんどん昇進していったが、それは周りの人達と協調した結果ではなく、自分の都合に合わない人を蹴落とし続けた結果に過ぎない」

兄の話を聞きながら、前に智佐から言われたことをまた思い出す。

『望む言葉ばかりかけていたら、相手はじわじわ駄目になっていく』

そのことに、兄は前から薄々気づいていたのだろう。

しかし兄は、その事実を受け入れられなかった。だからこそ兄はいつも、色々な場面で相手に望む言葉をかけ続けたのだ。自分の言葉がきっと相手のためになるという確信を得るために。

そんな中で兄は学校でも、自分の言葉が大切な生徒を苦しめたという現実に直面した。そしてついに、今まで守り続けていた信念を手放したのだ。

「俺の言葉は母さんを救えなかった。俺の言葉は誰も救えない……」

まだほとんど飲み食いもしていないのに、兄は鞄から財布を取り出した。テーブルの上に一万円札を置き、そのまま一人で店を出てしまう。

俺は兄を引き留めることができなかった。今の兄は、言葉で人を救えるということを信じられなくなっている。それは俺も同じだった。俺がどんな言葉を兄にかけたところで、兄の力になることなどできないように思うのだ。


翌日の昼休みを丸々使い、俺は兄から借りた『幸せにする声掛け』を読み終えた。

正直なところ、読みやすくはあるものの、よくある自己啓発本の類と比べて目新しいところはあまりないように思われた。

だが、そんな批判的な読み方をしてしまうのも、母と近い距離にいる著者への嫉妬のせいなのだろうか。

「どうしたの、その本」

通りかかった智佐に声を掛けられ、思わず本を閉じる。

いつも昼食は外で取ることが多いのだが、今日は買った弁当を社内のカフェテリアに持ち込んでいた。智佐はというと、外で昼食を済ませた後、コーヒーを飲みに少し早めに戻ってきたらしい。

「『幸せにする声掛け』……へえー、こういうのに興味あるんだ」

「いや、これは兄から借りただけで」

「あら？　この出版社って」

智佐は何故か、表紙にある出版社のロゴマークに目を付けた。そして母の勤める会社と意外な接点を持っていることを口にした。

「専門学校時代の先輩が、よくここの本の表紙をデザインしてるわ」

「そうなんだ」

「その先輩、前は会社勤めだったけど、今はフリーランスで……あ、そうだ」

先輩のデザイナーの話を持ち出した智佐は、突然思い出したように、俺の目をじっと見てこう言った。

「徳田くん。お願いがあるの。一度、彼女と会ってくれない？」

いつものことながら、智佐に頼みごとをされると何故か全く断れない俺だった。デザイナーの先輩に会わせたい理由も聞けないまま、週末に会社近くのクレープ屋で智佐とその先輩――美幸《みゆき》さんと三人で会うことになった。

「へぇーっ、意外！　智佐ってば、こういう良い人系がタイプだったのね」

俺を一目見てすぐ、美幸さんはそう声を弾ませた。何のことかわからず、席についていて美幸さんがトイレに立ったのを見計らい、智佐を問い詰める。

「ええと……先輩が『彼氏がいないなら良い男を紹介するよ』ってしつこいから、この間、つい『同じ会社に付き合ってる人がいる』って言っちゃって」

それで一度どんな人か会ってみたいと言われてしまったのか。

「それにしたって、こんな会社の近くで誰かに見られたらマズいだろ」

「ご、ごめん……」

先輩がここまで大きな声でからかってくるとは思っていなかったのだろう。智佐は素直に頭を下げてきた。

美幸さんが席に戻ってくる。智佐と系列は違うものの、お洒落に気を遣っているというのが一目でわかる。ベージュを基調にした落ち着いたメイクや、鎖骨のあたりで丁寧に内巻きにされた栗色の髪が、柔らかい印象を与えていた。

「あら、二人ともまだメニュー選んでないの？　ここはエシレバターのクレープが美味しいみたいよ」

「先輩、詳しいですね」

「最近デザインを担当した雑誌で、この店が特集されてたのよ」

智佐いわく恋バナ大好きな人らしいが、恋とは別で仕事も熱心にしているようだ。彼女の仕事の話題が出た流れで、俺はつい母の勤める会社との関係を尋ねてしまった。

「あの。四葉《よつば》出版とよく一緒に仕事されていると聞いたのですが」

メニューを選んでいた美幸さんと智佐は顔を上げ、目をぱちくりさせる。

「そうだけど、どうして？」

「実は母が新書の編集部にいるんです。最近、編集長になったみたいで」

俺が母の話を持ち出すことに躊躇いがなかったのは、今でも母と接点を持てる機会を密かにうかがっているからなのだろうか。

しかし俺が母について口にすると、美幸さんは一瞬、何かを考え込むように押し黙った。智佐に「先輩？」と呼びかけられ、取り繕ったようにこう言う。

「親子で名字が違うけど、あまり深く聞かない方がいいわね」

美幸さんは母と面識もあるようだった。さっきの沈黙が頭に引っ掛かってはいるものの、今は彼女の話を聞くことにした。

「私は真田編集長と一緒に仕事をしたことはないんだけど、同じ会社にいる彼氏からよく彼女の話を聞くわ。凄く仕事ができる人だって」

美幸さんの彼氏も四葉出版に勤めているらしい。出会いはもう何年も前のことで、彼の手掛けた書籍のデザインを美幸さんが担当するという取引先としての関係が続き、交際に至ったという。

「そういえば先輩、もうすぐ付き合って三周年記念日なんですよね。おめでとうございます」

「ありがとうーっ！　でもどうして知ってるの？」

美幸さんに祝福の表情を向けていた智佐は一転、ジトッとした目をしてスマホを取り出し、インスタグラムの画面を開いて言った。

「全世界に向けてこんな投稿されたら、嫌でも気づきますよ」

美幸さんは彼氏とのツーショット写真を公開していた。彼氏はパッと見た感じだと三十歳前後の働き盛りの年頃に見える。

彼の隣に写っている美幸さんは、幸せそのものという表情だ。写真と一緒に投稿されたコメントには、記念日に有名なフレンチの店でディナーをするということが書かれている。

しかし、コメントの中に書かれた彼氏の名前を見た瞬間、俺はまたしても母を思い出すことになってしまった。

【もうすぐ亜蘭との三周年記念日！】

珍しい名前なのでよく覚えている。母が手掛けた『幸せにする声掛け』の謝辞に記載されていた、初代担当を務めた編集者だ。

「どうしたの、そんなにじっと見て。もしかして彼氏とも知り合い？」

「いえ、そういうわけでは……すみません」

美幸さんが探るような視線を向けてくる。目を合わせて三秒が経ち、彼女の最も言われたくない言葉が頭に浮かび上がる。

《最近、彼はどんな本を担当しているんですか？》

いつものことながら、彼女の言われたくない言葉を知っても、それが何を意味するのかまではわからない。

だけど嫌な胸騒ぎがするのは、美幸さんやその彼氏と、母が繋がっているからだ。しかも、最初に俺が母のことを話したとき、美幸さんは明らかに様子がおかしかった。

一度、兄に電話で話してみようか。居酒屋であんな別れ方をした後で、まともに口をきいてくれるかもわからないけれど。

智佐達と別れてすぐ、兄に今夜電話で話したいとメールを送った。

案外あっさりと了解の返信がきて拍子抜けしそうになったが、その夜、電話に出た兄の声は、まだ以前のような明るさを取り戻せていなかった。

「ごめん、急な話で」

『大丈夫だって』

運動会と中間考査が終わって仕事も少し落ち着き、今週末は持ち帰りの業務もないらしい。しかし、英知やヤマちゃんがどうなったのか、兄は何も言わない。兄自身が今、学校でどのように生徒達と接しているかについても。

前に俺と気まずい別れ方をしたことにも、兄は一切触れてこない。

まず謝らなければと思ったが、何を言うべきか迷っているうちに向こうから本題を尋ねられてしまった。

『それで、話したいことって何なんだよ』

耳に当てたスマホから、兄の声に混じって微かにテレビの音が聞こえてくる。リビングにいるのだろうか。

「母さんは一緒にいるのか？」

『いいや。イベントの準備に追われて、最近は休日出勤ばかりでさ』

母が兄の近くにいないことを確認すると、俺は話を切り出した。

「全くの偶然なんだけど、今日知り合ったデザイナーさんが、母さんの部下と付き合ってるみたいなんだ。ほら、ジン兄から借りた『幸せにする声掛け』の謝辞に名前が載ってた……」

『福本亜蘭か？』

俺が彼の名前を出すよりも、兄の反応の方が早かった。嫌な予感がまた少し大きくなる。

「ジン兄、亜蘭のことを知ってるのか？　デザイナーの彼女、彼の仕事の話をしているとき、ちょっと様子が変だったんだ」

少し間が空いた後、兄は全く予想外の事実を俺に告げてきた。

『ヨシ、その人は今もう編集部にいない。母さんが編集長になったのと同じタイミングで総務部に異動になったんだ』

「え？」

クレープ屋で話をしたときの美幸さんの様子を思い出し、俺はある推測をせざるを得なくなった。

俺が母の話を出したら、美幸さんは明らかに動揺する素振りを見せた。亜蘭は編集長になった母の手によって、不本意な形で『幸せにする声掛け』の担当を外され、編集部を追い出されたのではないか。

そして亜蘭の話をした直後、俺と目が合ったときの彼女の言われたくない言葉はこうだった。

《最近、彼はどんな本を担当しているんですか？》

もう亜蘭が編集部にいないため、答えることはできない。だから彼女はそう質問されることを嫌がったのだ。

「……………」

電話の向こうで兄は黙っている。

俺の推測を話していいか迷ってしまう。ただでさえ、今の兄は母に対して負い目を感じているのだ。自分が母に望む言葉をかけ続けたせいで、母は兄以外の人と良好な関係を築けなくなっていると。

「ジン兄」

『ヨシ』

沈黙に耐えかねた俺の声を遮って、兄が呼びかけてきた。

兄の後ろで鳴り続けていたテレビの音が、ふっと途絶える。電源を切ったのか、兄は改まったようにこう話し始めた。

『今のお前の話を聞いて、俺の方もお前に話さなきゃいけないことができた。本当は言うつもりじゃなかったんだが……数日前、会社で母さん宛に「トークイベントの会場を爆破する」という脅迫文が届いたそうだ』

「そんな」と言いかけたきり、俺は言葉を失う。母が休日の今日も遅くまで仕事に出ているのは、脅迫文への対応に追われているためか。

『たぶん近々、対応を決めたうえで世間に公表されると思う』

「脅迫文の犯人はわかりそうにないのか」

『それが、母の話だと十中八九、社内の人間による犯行だそうだ』

脅迫文はコピー用紙に文字が印刷されただけの、誰でも簡単に作れそうなものだったらしい。そして文書は郵送ではなく、社内の意見箱に投函されていたとのことだった。

「だから容疑者が社内の人間に限定されるってことか……」

兄がどうして今、俺にこの話を持ち出したのかがわかった。

社内の人間で母宛にそんな脅迫文を送るのは、どんな人物か。母を恨んでいる人物だとしか考えられない。

「ジン兄、もしかして」

『ああ。俺は亜蘭が犯人じゃないかと疑っている。亜蘭の異動の理由について、母は俺には「編集長交代を機に新体制をとることになった」としか言わなかったが……』

そう語る兄の声は辛そうだった。

亜蘭が本当に不本意な形で編集部を追い出されて、『幸せにする声掛け』の担当の座も奪われたのなら、母を恨むのは当然だ。

俺にできることは何だろう。まだ亜蘭が犯人と決まったわけではないが、彼と接触することができれば、解決に繋がる情報を得られるかもしれない。

「ジン兄。一度、亜蘭と会ってみないか」

『会うって、どうやって』

俺はスマホで、美幸さんのインスタグラムのアカウントを探した。昼間に見せてもらったとおり、亜蘭との交際三周年記念日は二人でフレンチ料理屋に行くと書かれている。不用心なことに、具体的な日付や店の名前まで出して。

「ちょっとストーカーっぽいけど、店の前で待ち伏せすれば、店から出てきた亜蘭を捕まえて話すことはできる」

『それなら会社の前で待ち伏せでもいいんじゃないか』

「他の社員に見られて騒ぎが大きくなるのは良くない」

『それもそうだな……にしても、ヨシにしては結構大胆な提案じゃないか』

「母さんのためだよ」

俺がそう言うと、兄はようやく少しほっとしたような笑い声を漏らした。

兄は以前から、母の仕事の話を度々聞いていた。そして母が反りの合わない人物を蹴落としながら昇進していく様子を見続けてきた。

今回の件でも、きっと兄は誰より母のことを心配しているに違いない。

『じゃあ、また何かあったら連絡する』

「うん」

通話を切った直後、自然と深いため息が出た。

自分の言った言葉に嫌気が差す。母さんのためだよ、なんて——俺はまだ、母と家族に戻りたいという願望を捨てきれずにいるのだろうか。

脅迫文への母の対応は、冷静なものだった。

兄と電話した次の週、編集部のホームページとSNSで情報が公開された。イベント会場を爆破するという内容の脅迫文が寄せられたこと。それに伴い、会場での開催は中止し、オンラインでの開催に切り替えるということ。

著者と編集者のトークショーというイベントの性質を上手く利用した対応だと思った。もしサイン会だったら、オンラインでの開催は不可能だ。

この件について、もう俺達兄弟が暗躍する必要はないのかもしれない。しかし、もし亜蘭が脅迫文の犯人なら、更なる何かを仕掛けてくる可能性も十分に考えられる。

結局、俺と兄は予定通り、亜蘭と美幸さんの交際三周年記念日の夜、フレンチ料理屋の前で二人を待ち伏せすることにした。

六月下旬の梅雨真っ只中を体現するかのような大粒の雨が降り続ける中、俺と兄は各々の傘を差し、最寄り駅から店までの道を歩いた。

「母さん、大丈夫そうか？」

「ああ、怖いくらい冷静だよ。しかも騒ぎを大きくしないために、公表したのは『トークイベントの会場を爆破するという脅迫文が届いた』という最小限の内容にとどめてる」

母は社内においても、脅迫文について詳細な情報は編集部の者だけに伝え、編集部外には出さないように徹底しているらしい。社内の意見箱に入っていたという話が広まれば、会社全体の混乱を招いてしまうからだ。

「だけどヨシ、ちょっと妙に思わないか」

「何が？」

「脅迫文が意見箱に入れられたのは六月上旬。イベントは七月なのに、そんなに早く脅迫文を出すメリットがないように思えて」

確かに、イベントの中止や母への嫌がらせが目的なら、脅迫文を出すのはイベント直前にした方が効果的だと思える。実際、一ヶ月も前に脅迫文が出されたことによって、母は落ち着いて対策を練ることができ、オンラインでの開催を決定することができた。

「ジン兄。もしかして、犯人には何か別の目的が」

「いや、単にそこまで深く考えていなかっただけかもしれないが……」

そうこう言っているうちに、店の前に辿り着く。

飲食街の道路に面したその店は、ぱっと見た感じだと有名店の風格はなく、こぢんまりとした一軒家のような外観だった。正面の壁に大きな窓があり、中の様子が見える。カウンター席の他には、壁に沿った二人掛けのテーブル席が三つほどあるくらいだった。

「あ、手前のテーブル席に亜蘭と美幸さん」

「本当だ。もう食事を始めてるみたいだな」

二人のいる一つ奥のテーブル席が空いている。店の外で待っている予定だったが、今中に入れば、二人の会話を聞いて何か情報を得られるかもしれない。

兄に目配せすると、無言でうなずいてきた。どうやら俺と同じことを考えていたようだ。

「いらっしゃいませ。二名様ですね」

店に入ると、店員はやや目を丸くして迎え入れた。こういう店で男二人の客は珍しいのかもしれない。

できるだけ目立つことは避けたかった。俺は美幸さんに顔を知られている。見つからないよう、兄の陰に隠れながら目当てのテーブル席に辿り着く。

「うげっ。おいヨシ、メニュー見てみろよ。一番安いコースでも一万五千円超えだって」

「ジン兄、頼むからあまり騒がないでくれるか……」

外観とは裏腹に、なかなか値の張る店のようだ。

俺は美幸さん達に背を向けて座ったため、二人の表情はわからない。が、耳を澄ますと会話の内容がわかるくらいの声は聞き取れた。

「亜蘭くん。このサーモンのジュレ超美味しい」

「あ、ああ……」

「もう、いい加減元気出したら？　いつまで異動のこと引きずってるの」

振り向きたくなるのを何とかこらえる。

やはり亜蘭は不本意な形で編集部を去ることになったようだ。初めのうちは明るく話していた美幸さんだったが、亜蘭のつれない様子に何かを感じ取ったのか、こんなことを言い出した。

「ねぇ。真田編集長宛に送られた脅迫文って、もしかしてあなたが──」

「はぁ？　お前、いきなり何言ってるんだよ」

亜蘭はしらを切っているが、美幸さんも彼を疑っている。それはつまり、亜蘭が前から母を恨んでいたからに他ならない。

するとメニューを見てぶつくさ言っていた兄が、急に椅子から立ち上がった。

「おいジン兄、やめろって」

美幸さんと亜蘭の席に歩いていこうとする兄に呼びかけたが、こうなると兄はもう止まらない。母さんに関係のある話なら尚更だ。

俺も兄を追って席を立った。突然テーブルに現れた兄の姿を見て、美幸さんも亜蘭も食事の手を止めてしまう。

「お食事中にすみません。真田編集長の息子の仁史といいます」

「息子さん？　それじゃ、もしかして徳田くんの……あっ」

そう言いかけた美幸さんは俺の姿を見つけると、兄と俺を見比べるように交互に視線をやった。

「兄弟なのに全然似てないのね。仁史さんの方は編集長似のようだけど」

いつもの兄なら笑って応じそうな場面だが、今はさすがに僅かな笑みすら見せようとしない。

兄は亜蘭に向かって単刀直入に言った。

「今おっしゃっていた脅迫文の件で、お話ししたいことがあるんです」

兄はそう言って、亜蘭の顔をじっと見る。意外なことに亜蘭は目を逸らそうともせず、すがるような視線を兄に向けた。

目が合って三秒。能力が発動し、兄の頭の中に亜蘭の最も言われたい言葉が浮かび上がったはずだ。

　ところが。

「え……？」

　兄は明らかに驚いた表情を見せ、話をやめてしまった。いったいどんな言葉が浮かんだのかと思っていると、美幸さんが再び亜蘭を問い詰め始めた。

「どういうこと？　やっぱり、あなたが会社の意見箱に文書を入れたの？」

「だから、デタラメ言うなって！」

　二人の言い争いが大きくなり、店員が駆けつけてくる。店の中でこれ以上は駄目だと亜蘭が言い、美幸さんもようやく責めるのをやめる。しかし顔は怒りで真っ赤になっていた。

「酷いよ。私は理不尽な異動に遭ったあなたを、ずっと励ましてたのに。せっかくの三周年記念日だったのに」

「そ、それは……」

　亜蘭の弁明を聞こうともせず、美幸さんは鞄を持って立ち上がった。

「四年目はもう、ないわね」

　兄が慌てて美幸さんを呼び止めようとするが、彼女は一直線に店の出口へと向かい、一度も振り向くことなく去っていった。

突然の破局のようにも見えるが、彼女は前々から亜蘭に苛立ちを募らせていたのかもしれない。さっき彼女は、異動になった亜蘭を励まし続けたと言っていた。それなのに、亜蘭が立ち直るどころか、異動させた上司に脅迫文を送りつけた疑惑まで出てきては、百年の恋も冷めるというものだ。

「ええと、お客様。お食事の方は続けられますでしょうか」

立場上そう尋ねざるを得ない店員が、申し訳なさそうに亜蘭の顔をうかがおうとする。

亜蘭は店員の方を見ず、テーブル席から立ち上がろうともしなかった。皿の上では美幸さんの食べ残したジュレがキラキラ光っている。

「やってらんねぇ」

亜蘭は突然そう言うと、酔っているかのような動作でゆらりと立ち上がった。声は妙に落ち着き払っている。

「全部、お前達の母親のせいだ。本当に爆破してやろうじゃねえか」

美幸さんのインスタグラムに載せられていた写真とは別人のような、虚ろな目をした亜蘭は兄の方を見、その後、視線を俺の方に泳がしてきた。

兄と亜蘭は三秒以上目を合わせていた。兄はまた能力を使っただろう。

そして俺の方も目が合って三秒が経った。しかし、いったい何が起きているのだろう。頭の中には何の言葉も浮かんでこない。

「俺はもう帰るよ。店員さん、お会計。彼女の分もだ」

「は、はいっ」

亜蘭は足早にレジの方に向かい、店員が後を追う。

「ジン兄。やっぱり亜蘭が脅迫文の犯人なんだろうか」

俺がそう呟くと、兄は首を横に振った。そして、最初に亜蘭に声をかけたときのことを話し始めた。

「俺は脅迫文について話したいことがあると、亜蘭に声をかけた。そのときに彼と目が合って……」

「能力が発動したんだな。それで、どうだったんだ」

兄によると、亜蘭の最も言われたい言葉はこうだったらしい。

《俺はあの脅迫文の真犯人を知っている》

兄が亜蘭と目を合わせた直後、驚いた顔をした理由がわかった。

亜蘭は脅迫文の真犯人を知りたがっている。それはつまり、亜蘭が犯人でないにもかかわらず、色々な人から疑いをかけられているということだ。

母は社内で、編集部以外の人間には「トークイベントの会場を爆破するという脅迫文が届いた」という最小限の内容しか知らせていない。だが、それを聞いただけでも社内の人達は亜蘭に疑いの目を向けたのだろう。担当を外された腹いせによる犯行に違いないと。

しかし、実際は別に犯人がいるというのか。

「じゃあ、いったい犯人は誰なんだ」

「……………」

俺には見当もつかなかったが、深刻な顔をして黙り込む兄を見て、ふとある人物を思い浮かべてしまった。

そしてやはり兄も、その人物のことを考えていたようだ。

「ヨシ。もしかしたら母さんの自作自演ってこともあるかもしれない」

俺はスマホで、母の編集部のSNSを検索した。脅迫文に屈することなく、かつ、参加者の身の安全も考慮した対応について賞賛するコメントが多数寄せられている。

母は自分で自分に脅迫文を出し、オンライン開催に切り替えるという冷静な対応を取ることによって、周囲からの評価を勝ち取ることを狙っていた？

さらに、この店に来る途中で話題に上がった、脅迫文が出された時期についても、母の自作自演と考えるとつじつまが合ってしまうのだ。

「母さんの自作自演だとすると、脅迫文をイベントの一ヶ月も前に出した理由も納得がいく」

「確かに、例えばイベント前日に脅迫文を出したら、オンラインの開催にしようとしても準備が間に合わないだろうしな……」

考えれば考えるほど、母に対する疑惑が大きくなってゆく。

もし母が犯人なら、編集部を追い出した亜蘭に更なるダメージを与えるという目的もあったのではないか。実際、亜蘭は三年付き合った恋人からも疑われ、破局の危機を迎えている。

兄は額に玉のような汗を浮かべている。苦痛に満ちた表情を見て、前に居酒屋で兄の言っていたことを思い出した。

『俺の言葉掛けのせいで、母さんは心を壊してしまっている』

母を疑いながら、兄は今も後ろめたさを感じている。母がこんな風になってしまったのは、自分が母に望む言葉をかけ続けたせいだと。

兄を元気づけようと、俺はがらにもなく明るい声で言った。

「まだ母さんの自作自演と決まったわけじゃないだろ」

「それはそうだが……」

「頑張って真犯人を見つけようぜ。これくらいでくじけてちゃ――」

言いかけた直後、しまったと思って口をつぐむ。

しかし、もう遅かった。兄は俺の方を向くと、今までに見せたこともないような寂しげな笑みを見せて言った。

「やっぱり俺らしくないか。こんなことでくじけるのは……」

兄の視線は俺が何か言う前に、三秒経たないうちに逸れていく。

この間、初めて兄に対して能力を使ったときのことを思い出す。落ち込んでいた兄の最も言われたくない言葉は《ジン兄らしくない》だった。

昔から両親に対しても、俺に対しても、常に明るく前向きな言葉をかけ続けていた兄。だけど、こんな風に落ち込むこともあるのだ。俺は今になってようやく、本当の兄を知った気持ちになる。

「亜蘭が犯人じゃないとしても、母さんを恨んでることは事実だ。さっき『本当に爆破してやる』って言ってたし、何をするかわからない」

「ジン兄、大丈夫だよ。イベントはオンラインの開催になったんだ。誰がどこから参加するかわからないのに、爆破なんてできない」

兄を励まし続けながら、それでも去り際の亜蘭の様子は気にかかった。目が合って俺の能力が発動したにもかかわらず、彼の最も言われたくない言葉が浮かばなかったのだ。

「最後に亜蘭と目が合ったとき、ジン兄の方はどんな言葉が浮かんだ？」

亜蘭は俺と目が合う前に、兄の方も見ていた。

しかし兄から返ってきた答えは、謎をいっそう深めるだけだった。

「それが実は、亜蘭の言われたい言葉が何も浮かばなかったんだ。確かに三秒以上目は合っていたはずなのに」

「ジン兄もそうだったのか」

「俺も？　ってことは……」

「俺も同じだ。俺も、亜蘭の言われたくない言葉が浮かばなかった」

どういうことだと思ったところで時間切れとなった。再び店員が近づいてきて、食事を続けるかと尋ねてくる。

店員と目が合い、いつも通り能力が発動する。言われたくない言葉は《食事を続けます》だった。面倒な客に長居されたくないのが本心のようだ。

能力が失われたわけじゃないのに、亜蘭には通じなかった。

結局、店に居座る気にもなれず、俺達は帰らざるを得なくなった。兄と別れた後、電車の中で一人、スマホでまた美幸さんのインスタグラムを見た。

今日は何も更新されていない。しかし遡れば遡るほど、亜蘭が彼女に尽くしていたことがわかる投稿がいくつも見つかった。

【亜蘭の本が十万部突破したから、ディナー奢ってもらった！

本当は私がお祝いで奢るべきなのにね（笑）】

【誕生日に温泉旅行をプレゼントしてもらった！

二日間で私、一円も使ってない～】

【亜蘭に貰ったティファニーのネックレス、好きすぎて毎日つけてる】

これ以上覗き見るのは心苦しく、俺はスマホを鞄に突っ込んだ。

しかし翌日の朝、どうしても気になってもう一度インスタグラムを見ると、美幸さんのアカウントから亜蘭に関する投稿だけが全て削除されていた。

梅雨も明けず、俺の中でもモヤモヤした気分が晴れないまま七月を迎えた。

七月七日――七夕の夕刻に『幸せにする声掛け』のトークショーがオンラインで開催される予定だ。電話で兄から聞いた話によると、あれから特に編集部で問題ごとは起きていないそうだ。

兄に返しそびれた『幸せにする声掛け』を、昼休憩中に読み返した。

一度読んだときは内容がそこまで頭に入ってこなかったのだが、兄と母の関係について考えながら読んでみると、色々と思うことが出てきた。

【常に相手を尊重し、自信を持たせる声掛けを】

これが著者の一番言いたいことらしく、表現を変えつつも本の最初から最後まで繰り返し強調されている。

母がこの著者を気に入った理由がわかる。著者の推奨する声掛けは、兄が何年にもわたって母にしてきた声掛けそのものだ。

母が仕事や人間関係で何かある度に、兄は《お母さんのせいじゃないよ》という言葉――母の最も言われたい言葉をかけ続けた。母が仕事を頑張り続けられているのは、間違いなく兄の言葉のおかげなのだ。

「幸せにする声掛け……母さん、今、幸せなのか……?」

閑散としたカフェテリアの片隅で、誰にも聞こえないように一人ごちる。

「お疲れ」

前と同じように、通りかかった智佐が声をかけてくる。しかし今日は、本について何か言ってこようとはしなかった。母のことを知ったから言い出しづらいのかもしれない。

何か話題をと思い、俺は探りを入れるようなことをしてしまった。

「そういえば、美幸さんは元気なのか」

「え、気になるの？」

「いや。別にそういうわけじゃないけど……」

変な誤解を招いたか。気になるというのは本当だが、理由を智佐に説明するわけにもいかない。

話題をしくじったと思いきや、智佐の口から予想外の情報が告げられた。

「それが先輩、前の彼氏と別れちゃって、その後すぐに別の人と付き合い始めたみたいよ」

「え？」

智佐はスマホで美幸さんのインスタグラムを検索した。彼女のアカウントを見るのは、フレンチ料理屋で一悶着あったあのとき以来だった。

驚くべきことに、亜蘭と別れた直後から、美幸さんは新しい彼氏とのツーショット写真を連日投稿している。あんな別れ方をしたのに、彼女はもう次の恋愛に進んでいるのか。

「それにしても、物凄いイケメンだな」

「駆け出しのモデルさんなんだって。デザインを担当した雑誌の打ち上げで知り合ったみたい」

美幸さんの新しい彼氏は、少女漫画の中から抜け出してきたかのような甘いマスクの持ち主だった。見とれていると智佐からムッとした視線を向けられていることに気づき、慌ててスマホから顔を離す。

「ふーん、やっぱり気になるんだ」

「いやだから、違うって」

智佐に睨まれ、目が合って三秒が経つ。やはりいつも通り、彼女の最も言われたくない言葉は浮かんでこない。

不意に、フレンチ料理屋での亜蘭のことを思い出す。あのときの亜蘭にも、智佐と同じように俺や兄の能力が効かなかった。亜蘭と智佐に何か共通する部分があるということなのだろうか。

「林部さん。ちょっと聞きたいことがある」

「何よ」

「結構前に、言葉というものを信じてないって言ってたことがあったよな」

話が急転換したからか、智佐は一瞬ぽかんとする。

「言ったような気もするけど、それがどうしたの」

「その……林部さんは、普段人から言われたい言葉や、言われたくない言葉はないのか」

我ながら不器用というか、直球すぎる聞き方だ。

しかし、智佐は俺の手元にある『幸せにする声掛け』の本をちらと見て、俺がその質問をした理由を察したようだった。

「確かに、言われたい言葉はないかも。私はね、どんなに綺麗な言葉や、聞こえのいい言葉をかけられても、その裏にある意図を探ってしまうのよ。例えば『優しいですね』って声をかけてくる人が、実はおだてて利用する機会をうかがってることだってあるじゃない」

それが智佐の生まれ持っての性分なのか、何らかの経験によるものなのかはわからない。けれど、今まで靄《もや》がかかったようにしか見えていなかった彼女の存在が、ほんの少しだけ鮮明になったように思えた。

「言葉には裏の意図がある……だから林部さんには、言われたい言葉も、言われたくない言葉もないってことか」

「へ？」

再び俺の方を向いた智佐が、目をぱちぱちさせる。

「私、言われたい言葉は特にないけど、言われたくない言葉は結構あるわよ」

「え？　そんなはずは……」

能力のことを口走りそうになり、智佐から訝《いぶか》しむような視線を向けられる。

目が合って三秒経つが、智佐の最も言われたくない言葉はやはり浮かんでこない。彼女の今言ったことと矛盾するじゃないか。

「言われたくない言葉って、例えば？」

「そうね。この間、制作部の上司に『毎日ワンピースで飽きない？』って聞かれたときは、そっちも毎日スーツだろって殴りたくなったわ」

「は、はは……」

亜蘭の謎を解こうとして智佐に質問を投げかけた結果、反って謎が増えてしまった。智佐にも人から言われたくない言葉がある。それなのに、どうして俺は彼女相手に能力が使えないのだろう。

退社時、外は針のような雨が降っていた。会社から駅までの道を歩く途中、雨の向こうに見覚えのある人影が見えた。

美幸さんと、インスタグラムの写真に写っていた新しい彼氏だった。

彼氏が透明の傘を差し、そこに二人で入って横断歩道の信号を待っている。俺も同じ歩道を渡りたいのだが、近寄りがたいくらいのイチャイチャっぷりだ。一本の傘に入っているせいもあるが、何もここまでくっつかなくても。

少し距離を開けて立っていたところ、美幸さんが彼氏に抱きついた拍子に、二人そろってバランスを崩した。透明の傘の端が、俺の差している傘に当たる。

「キャーごめんなさい！　あ、あれ？　智佐の彼氏さんじゃん」

もはや謝っているのか、はしゃいでいるのかわからない美幸さんの様子に、違和感を抱かずにはいられない。

フレンチ料理屋で亜蘭に激怒し、別れてからまだ半月も経っていない。こんなにもすぐに気持ちを切り替えられるものなのか。

俺の抱いた違和感が伝わったのか、美幸さんはばつの悪そうな顔で俺の方を見た。すぐに目を逸らされたが、その前にかろうじて三秒が経っていたようだ。

頭の中に彼女の最も言われたくない言葉が浮かぶ。

亜蘭が不憫になり、俺は思わずその言葉を美幸さんにぶつけてしまった。

「ずいぶんあっさり、亜蘭さんからその人に乗り換えたんですね」

新しい彼氏は亜蘭のことを知らないのか、ピンとこない表情をする。

美幸さんはますますうろたえる。

「わ、別れて当然でしょう？　亜蘭は犯罪者よ。あなたのお母さんに脅迫文を送りつけた犯人なのよ」

美幸さんが俺を睨みつける。三秒が経ち、先程とは少し違った彼女の言われたくない言葉が頭に浮かぶ。

そしてその瞬間、俺は真実に気づいた。

脅迫文の犯人は美幸さんだ。

「美幸さん、あなたが脅迫文を送ったんですね」

「なっ……？」

雨の音が止まない中、美幸さんが小さく呻いた。

やはり犯人の目的は、イベントの中止ではなかった。それは俺と兄の予想通りだった。犯人――美幸さんの目的は、亜蘭の評判を落として、別れるための口実を作ることだったのだ。

亜蘭と付き合っていた頃、美幸さんのインスタグラムは彼との写真で埋め尽くされていた。しかし、その多くは亜蘭が将来有望な編集者であることを仄めかしたり、亜蘭からの高級なプレゼントを見せつけたりする投稿だった。

彼女は男性のスペックを見て、付き合うか否かを判断する人なのだ。だから亜蘭が異動になり、編集者としてのキャリアが絶たれるとすぐ、亜蘭と別れて新しい恋人を探したいと思った。

しかし、亜蘭の仕事が上手くいかなくなったタイミングで彼を振ったら、周囲の自分に対するイメージが下がる。だから美幸さんは、亜蘭と別れる正当な理由をでっち上げようとした。そこで今回の脅迫文を思いついたのだ。

取引先として会社に頻繁に出入りしていた美幸さんなら、社内の意見箱の存在も知っているはずだ。彼女が脅迫文を投函した結果、思惑通り亜蘭に疑いの目を向けさせることに成功した。

さっき美幸さんは、亜蘭は犯罪者なのだから別れて当然だと言った。

そしてその直後、目を合わせたときにわかった彼女の最も言われたくない言葉はこうだった。

《亜蘭は犯人じゃないですよ》

彼女が亜蘭を犯人に仕立て上げ、それによって彼と別れる口実を作ろうとしている証拠だ。

更に記憶を辿っていくと、彼女が犯人だという他の根拠にも気づく。

「フレンチ料理屋で、あなたは亜蘭さんにこんな風に言っていましたよね。『真田編集長宛に送られた脅迫文』とか『会社の意見箱に文書を入れた』と……」

「それが何だっていうのよ」

「兄から聞いたんです。母——真田編集長は騒ぎを大きくしないため、編集部以外の人間には『トークイベントの会場を爆破するという脅迫文が届いた』という情報しか出していないと」

それなのに美幸さんは、脅迫文が意見箱に投函されていたことや、それが著者ではなく真田編集長宛であることを知っていた。その理由は彼女が犯人であるからに他ならない。

美幸さんは青い顔をして、横目で隣にいる彼氏の様子をうかがう。彼は傘を差したまま、身体をわずかに美幸さんから離していた。

「め、名誉毀損だわ！　私、そんなことを言った覚えなんてない。言いがかりも大概にしてよね」

確かに物的な証拠はない。しかし、俺に向けられた美幸さんの目は、睨みながらも怯えているように見える。

目が合ってまた三秒が経つ。美幸さんの最も言われたくない言葉を知り、俺は改めて彼女が犯人だということを確信する。

《悪事は必ずばれる》

美幸さんはこれから先、罪がいつかばれるかもしれないという苦しみに苛まれ続けるのだ。それは彼女にとって何よりの罰になるだろう。

これ以上彼女を追い詰める必要はない。俺は地面の水を撥ね上げないように、ゆっくりと踵《きびす》を返した。


帰宅してすぐ、兄に電話して美幸さんのことを伝えた。

脅迫文が母の自作自演でないとわかり、兄は安心すると同時にどっと疲れに襲われたようだ。どうやら兄の方でも、母が犯人でない可能性を必死に探っていたらしい。

『母さんにそれとなく亜蘭の話を振ってみたんだ。編集部にいたときの亜蘭はどんな感じだったのかって』

「母さんは何て言ってたんだ？」

『それが、亜蘭は仕事より彼女を優先して周りに迷惑をかけることが多々あったらしい』

兄が母から聞いた話によれば、亜蘭はやはり美幸さんに相当惚れこんでいたようだ。どんなに仕事が忙しいときでも、デートの用事があるときは必ず定時で退社していたとか。

亜蘭が仕事よりプライベートを優先しすぎるので、編集部内でも不満の声がちらほら上がっていたそうだ。

『あくまで母さんが一方的に言ってることだから、どこまで実情と合ってるかはわからないけどな。それと、一つ気になったことがある』

「何？」

『亜蘭について話してるとき、俺の能力で母さんの言われたい言葉がわかったんだが……』

母の最も言われたい言葉はこうだったらしい。

《誰のせいでもない》

前に兄から聞いていた母の様子とは、何かが違っている気がした。

周りの人と揉め事があったとき、母はいつも《お母さんのせいじゃないよ》という言葉を望んだ。そして兄はその言葉を言い続けた。上司が悪いんだ、ママ友が悪いんだ――と、他の人達を責めながら。

しかし今の母は、亜蘭という個人を責めることを望んでいるわけではない？それなら何を思って彼を異動させたのか。

「母さんはいったい何を思ってるんだろう」

『わからない。だから迂闊《うかつ》に、母さんに言われたい言葉をかけることもできなかった』

俺達の能力で知ることができるのは、相手の言われたい言葉や、言われたくない言葉だけだ。その理由を知るためには、相手の立場や状況から判断するしかない。

俺達兄弟はいつも、言葉から人の深層に迫るゲームに挑んでいる。

「イベントは予定通り開催されそうなのか」

『ああ。平日の夕方だから、俺は時間になったらすぐ学校のパソコンから参加するつもりだ』

兄は既に参加申し込みを済ませ、学校からオンラインで参加することについて職場で許可を受けたという。イベントの内容的に、教職に活かせると判断され、簡単に承諾されたようだ。

「俺も一応申し込みはしてるけど、早めに退社できるかどうか」

『外回りのフリして社外に出ちゃえよ。相変わらず真面目だなーヨシは』

「……………」

兄は昔からいつもそうしていたように、性格が正反対の俺をからかってくる。けれど俺はもう、兄のことを昔と同じように見ることができなかった。

居酒屋で兄の気持ちも考えず「ジン兄らしくない」と言ってしまったことを、俺はまだ悔やんでいる。今電話の向こうで笑っている兄は、もう何とも思っていないのだろうか。そんなはずはない。

家族で住んでいた頃から今まで、俺の言葉は母を傷つけ、父を傷つけ——そしてついに、兄までも傷つけてしまったのだ。

迎えた七月七日。順調に仕事を終えられるかと思いきや、定時間際でアクシデントに遭ってしまった。

「徳田！　お前の担当した求人広告に、先方からクレームが入った。掲載されている店の電話番号が間違っていると」

「え？」

上司から報告を受け、急いで確認したが、確かに先方の店から提供された情報通りに電話番号を掲載していた。それに、広告は入稿前に先方にも確認してもらっている。

「あの、こちらのミスでは――」

「何言ってる、先方が怒ってるんだ。すぐ謝罪に行ってこい」

もはや母のイベントへの参加は絶望的な状況になってしまった。

とにかく行くしかないと、社用車のところまで向かう。すると駐車場の入口まで来たところで、後ろから誰かが走ってくる足音が近づいてきた。

振り向こうとした瞬間、背中をパシンと叩かれた。

「ど、どうしたんだよ」

「手ぶらでフロアを出るのが見えたから、鞄を届けに来てあげたんだけど」

「あっ……」

智佐が呆れ顔で俺のビジネスバッグを突き出してきた。慌てすぎて席に置きっぱなしのまま、何も持たずに出てきてしまったのだ。

「大丈夫？　何か凄く焦ってるように見えるけど」

「いや、それは……」

今は母のことを説明している場合じゃない。ひとまず礼だけ言って別れようと思ったのだが、何故か智佐は俺を追い越して社用車の運転席に乗り込んでしまった。更には助手席の扉を開けて「行き先はどこ？」と尋ねてくる。

とっさに答えられずにいる俺に向かって、智佐は言った。

「運転してあげるわよ。そんなに気が動転した状態でハンドルを握るなんて、自殺行為だわ」

俺の返事を待たず、智佐は自分のシートベルトを締め、片手でルームミラーをくいくいと動かして角度を調整した。相変わらずのマイペースっぷりに、緊急事態にもかかわらず顔がほころんでしまう。

心の中で智佐に礼を言いながら、助手席に飛び乗った。

智佐の運転はゆっくりだった。

一緒に車に乗るのは初めてだ。いつもこんな調子なのか、今あえてこんな風に走っているのかはわからない。俺は何を話すでもなく、助手席の窓から流れる景色を見ていた。

「ちょっとは落ち着いた？」

「ああ、ありがとう」

腕時計をちらと確認すると、母のイベント開始まで二十分を切っている。

交差点の赤信号で一時停止した直後、運転席から智佐の視線を感じた。智佐は俺の顔をうかがいながら言った。

「この間、『幸せにする声掛け』を読んでみたの」

彼女が今その話を出したのは、全くの偶然だとは思う。しかし、俺に母のことを語りかけてくる彼女の声はいつになく優しい感じがするのだった。

「あなたのお母さんが作った本なのね。徳田くんがいつも言葉を大切にしているのは、お母さんの影響もあるのかも」

「……………」

智佐の言葉はほんの一瞬、ささくれ立っていた俺の気持ちを温めた。

だがすぐに、俺の言葉のせいで傷ついた兄の顔が頭をよぎる。「ジン兄らしくない」と言われたときの、悲しみに沈んでいく兄の顔。

「林部さん、そんなことはない……俺の言葉は人を傷つけるんだ」

俺は、自分の言葉が大切な兄を傷つけたということを智佐に打ち明けた。何度も言葉を詰まらせ、具体的な経緯や状況は何一つ説明できなかった。それでも智佐は、一度も口を挟むことなく話を聞いてくれた。信号が青に変わると共に、俺から視線を逸らして進行方向に向き直る。

ゆっくりと車を走らせながら、智佐は言った。

「だけど、その言葉は……徳田くんがお兄さんのことを考えて、考え抜いたうえで出した言葉なんでしょう？」

交差点の角を曲がると、がらりと景色が変わった。夕暮れ前の薄青いスカイラインが、フロントガラスの向こうに広がる。道は真っ直ぐに伸びている。

前に彼女が、言葉の裏の意図を探ってしまうと言っていたことを思い出す。

彼女が信じているのは、言葉を使う人間の心だけなのだ。だから、俺が兄にどんな言葉を言ったのかではなく、何を思いながら言ったのかということの方が、彼女にとっては大事なのだ。

言葉自体が意味を持つのではなく、言葉を使う人の思いや生き様が、言葉に意味を与える。智佐はそういう考えを持っている。

「お兄さんに向かってその言葉を言ったとき、あなたは何を思っていたの？」

「林部さん……」

智佐は車の進行方向を真っ直ぐに見据えながらも、隣にいる俺に向かって力強く言った。

「私、徳田くんの言葉では決して傷つかない。だって、あなたがいつも必死に悩み考えていることをわかってるから。自分の言葉が人を傷つけていないか、どんな言葉をかけるのが相手にとって良いのかって……」

智佐の語りを聞きながら、俺は今まで彼女から言われた言葉の一つ一つを思い出していた。

『あなたって、どうして自分が悪いという前提で物事を解釈するのかしら』

『まさか、また自分が悪かったって思ってるんじゃないでしょうね』

俺が他人と上手く言葉を交わせないことに悩んでいたとき、彼女はいつも、悩み続ける俺の心に目を向けてくれていた。

智佐は最後にこう言った。

「自分の言葉について、いつも反省しているようなあなたの姿を見ているうちに、この人にならなら何を言われても大丈夫だって思うようになったのよ、私」

智佐に俺の能力が通じない本当の理由が、今ようやくわかった。

智佐も他人から言われたくない言葉はあると言っていた。けれど、智佐にとって、俺から言われたくない言葉は何もないのだ。

不意に涙が出そうになったが、その瞬間に忘れかけていた別の疑問が蘇る。智佐に俺の能力が通じない理由はわかった。それなら、亜蘭はどうだ？　彼にも兄や俺の能力が通じなかったが、智佐と同じ理由とは思えない。

鞄の中でスマホが振動し、思考が途切れた。兄からの着信だ。胸騒ぎがし、智佐に断りを入れて電話に出る。

「もしもし」

『ヨシ、大変だ。母さんの編集部のSNSを見ろ』

イベント開始までまだわずかに時間はある。兄に言われるままSNSを検索すると、何やら大事になっているようだった。

【四葉出版の建物を爆破する】

イベント直前の告知をする投稿にコメントがついている。コメントをつけたユーザーのプロフィールを確認すると、即席で作られたいわゆる捨てアカウントのようだった。

アカウントの主は誰だ。

美幸さんかとも思ったが、彼女の目的はもう達成されている。それに今の彼女は俺に犯行を見破られたため、自分の罪が露呈することを恐れている。ここにきて更に脅迫行為を重ねるとは思えない。

そんな最中、アカウントのプロフィールに書かれた一文が目に入った。

【もう失うものは何もない】

その瞬間、俺の頭の中にある人物の顔が思い浮かんだ。

このアカウントの主は亜蘭だ。

「ジン兄。これは亜蘭だ。母さんを恨んで、会社ごと爆破するつもりだ」

『俺も彼が怪しいと思うが……亜蘭は母さんが会社にいることを知っているのか? オンライン開催なら、どこから参加するかなんてわからないはずなのに』

「いや、そうとは限らない」

今の亜蘭の所属は総務部だ。社内の各部屋の管理も行っている可能性が高い。

おそらく亜蘭は、母がイベント用に社内の一室を予約していることを事前に確認していたのだろう。

『自分の会社を爆破しようっていうのか……？』

　確かに正常な思考が働けば、自分の勤める会社に危害を加えようとはしないだろう。しかし、今の彼には失うものがない。プロフィール欄の一文こそが彼の本心であることを、俺は今更になって気づいたのだ。

「フレンチ料理屋で亜蘭が美幸さんに振られた後、ジン兄の能力も俺の能力も通じなくなったよな」

『そうだけど、まさか……』

「ああ。亜蘭は本当に捨て身なんだ。もう、どんな言葉も通じない。だから言われたい言葉も、言われたくない言葉もないんだよ」

　編集部を追われ、最愛の彼女を失った亜蘭は絶望の底にいる。

　電話の向こうで、兄が椅子から立ち上がる音がした。

『ヨシ、俺はすぐ母さんの会社に向かう。お前は来れるか？』

「え？　ええと……」

　取引先への謝罪に行く途中だったことをすっかり忘れていた。

　しかし、運転席の智佐は会話から事情を察してくれたようだ。一瞬ちらりとこちらに視線を送った後、無言でうなずいてきた。

智佐に感謝を抱きながら、兄に返事をする。

「俺もすぐ行く。会社の前で落ち合おう」

俺が電話を切るよりも先に、智佐は片手でカーナビを操作し、母の会社の位置を調べていた。

「悪いな」

「いいわよ、緊急事態なんでしょ。あなたをお母さんの会社まで送った後、私はそのまま取引先に行って何とかしておくわ」

その後、智佐はハンドルを握ったまま急に無口になった。しかし、カーナビの現在地が四葉出版の建物のすぐ近くまで迫ったところで、いつも通り、急な仕事を頼まれたときと全く同じようにこう言った。

「全部上手くいったら、また『大丈夫』で奢ること」

「ああ」

車が四葉出版付近の路肩に停められる。

助手席から降りようとする俺に向かって、智佐は「気をつけてね」と付け足す。俺は真っ直ぐに智佐の目を見てうなずく。

そして、智佐とはいつか、もっとたくさんの言葉を交わせるようになりたいと思った。できることなら、彼女を楽しませられる言葉を。

四葉出版の建物の前に辿り着いたが、なかなか兄を見つけることができなかった。辺りは建物から避難してきた社員達でごった返していたからだ。

三階建ての建物は交差点の角地に立地している。避難した人のほとんどは道路を渡り、少し離れた位置から不安そうに建物の方を見ている。

「ヨシ、ようやく見つけた」

「ジン兄」

「凄いな。ざっと見ただけでも二百人くらいはいそうだ」

スマホで編集部のＳＮＳを確認すると、イベントの中止が発表されていた。

「おいヨシ、あそこ」

兄の指差す方を見る。道路を挟んで正面に母の姿があった。周りにいる他の社員達と一緒に、建物の様子をうかがっている。

よかった、無事に避難できたようだ。そう思ったのも束の間、俺は目を覆いたくなる光景を見た。

亜蘭がいる。他の社員達が皆、建物の方を見ている中、ゆっくりと母のすぐ後ろにまで歩み寄ってくる。

「まさか……！」

亜蘭は今の季節にふさわしくない厚手のジャケットを羽織っていた。そして次の瞬間、ジャケットの裏に手を入れたかと思うと、隠し持っていた刃物を取り出して母の方に向けたのだ。

俺は今更になって気づく。四葉出版を爆破するというのはフェイクだ。

亜蘭の狙いはあくまで母一人だった。しかし、迂闊に動けば他の社員に見つかり阻止される可能性が高い。ただでさえ今の彼は、美幸さんの策略によって社内の人達から疑いの目で見られているのだから。

彼は考えた。どうすれば他の人達の目を盗んで、母を襲うことができるか。そこで今回の爆破予告を出したのだ。社員達が一斉に避難し、皆が建物に注目している隙をついて母に接近しようという作戦だ。

俺は無我夢中で道路に飛び出し、母に向かって叫ぶ。

「母さん、後ろ！　危ない！」

「えっ……？」

俺の声はどうにか母に届いたようだ。身体を翻した母は間一髪で亜蘭の動きに気づき、刃先をかわした。亜蘭はバランスを崩して前方によろめく。

「何だ？　こいつ、刃物を持ってるぞ」

「慌てるな。皆で一斉に押し倒せ」

建物を見ていた他の社員達も亜蘭に気づき、数人がかりで地面に組み伏せる。

俺と兄は道路を渡って、腰を抜かしている母の方に駆け寄った。

「母さん」

「仁史、義孝……」

母と対面するのは、もう何年ぶりだろうか。記憶の中の母と比べ、身体全体が小さく見える。年月とともに擦り減らされたかのような姿だ。

「この女が悪いんだ」

地面に這いつくばる亜蘭が、首だけで母の方を向いて呻くように言う。

「こいつが俺の人生をめちゃくちゃにしたんだ」

母は立ち上がれないまま、うつろな目で亜蘭の方を見ている。その身体を支えていた兄が、我慢ならない様子で亜蘭に向かって言った。

「何言ってるんだ、異動させられた理由に心当たりがないとは言わせないぜ。編集者だった頃のお前の仕事ぶりは母さんから聞いてる」

兄は次々と亜蘭を責め立てた。亜蘭が美幸さんとの予定を優先させるあまり、著者との打ち合わせや、編集部内の業務を後回しにしていたこと。周りにいる誰も否定しないということは、おそらくどれも事実なのだろう。

「お前の人生が上手くいかなかったのは、お前自身のせい――」

そのときだった。

それまで黙って聞いていた母が、身体を支えている兄の腕にそっと手を置きながら言った。

「もういいわ、仁史」

微かに震えるその手も、昔とは全く違っている。離婚して家を出て行くとき、兄と繋いでいた母の手は皺一つなく、爪の一本一本に華やかな色のマニキュアが塗られていたのに。

「彼が悪いわけじゃないの」

「だけど……」

「私が彼を異動させたのは、彼が周りに迷惑をかけていたからじゃない。私の個人的な感情が理由なのよ」

母の声は囁くような小ささだったが、兄は圧倒されて何も言えなくなる。今まで何かある度に《お母さんのせいじゃないよ》という言葉を望み、他の人を責め続けていた母が、それと真逆のことを言っているからだ。

今回の件を機に、母の中で何かが大きく変わったことは間違いない。

母は亜蘭の方を向いて言った。

「仕事よりもプライベートを優先する今時の若者が、どうしても許せなかった。だって、私が彼くらいの年齢のときは――」

「え？」

誰かが警察を呼んだのだろう、パトカーのサイレン音が近づいてくる。

母は兄から身体を離して立ち上がり、会社の建物を見上げた。梅雨という季節が嘘のように雲一つない空が、夕暮れの色に染まろうとしている。

母に聞きたいこと、話したいことが、次々と胸の奥から湧き出てくる。しかし、それを遮るかのようにパトカーが周辺の道路に停車した。中から現れた警官がまず亜蘭を連れていき、次いで母にも事情聴取のため同行を求めた。

不意に、母との別れを予感した。父と母が離婚し、別々に暮らすことになったときよりも更に遠い別れだ。

「母さん」

パトカーに乗り込もうとする母に、俺と兄がほとんど同時に叫ぶ。

母はぴんと背筋を伸ばして立ち、その背を俺達に向けたままで言った。

「このままじゃいけないって、前からわかっていたの。私は仁史の優しい言葉に依存して、周りを責め続けて」

兄が無言で首を横に振る。俺と同じように、母との別れを予感しているような顔をして。

「ありがとう、仁史。あなたのおかげで、私はここまで頑張れた。そして義孝。今なら幼い頃のあなたが言った言葉を受け入れられるわ……私達家族は、離れるべきだった。離れてそれぞれの人生を進むべきなのよ」

幼い頃の俺が言った言葉。それは間違いなく、両親の離婚の引き金になったあの言葉だ。

『この家はおかしいよ』

隣にいる兄と同じように、かぶりを振った。あんな言葉は言うべきではなかった。けれどもう、母はそれを受け入れてしまったのだ。

母の小さな身体は、パトカーの後部座席に吸い込まれるように消えていく。

扉を閉める前、母は兄を、次いで俺の方を見て、静かにこう言った。

「だけど、誰のせいでもない」

今にも消えてしまいそうな笑みを浮かべる母の顔を見て、少し前に兄から聞いた話を思い出した。《誰のせいでもない》――それは兄が能力を使って知った、現在の母の言われたい言葉だ。以前はただ《お母さんのせいじゃないよ》と言われることを望んでいた母の、心の変化を表す言葉。

パトカーが発進する前に、何か言わなければ。しかし、そう思っているうちに、母と目が合って三秒が経ったようだ。

頭の中に今の母の最も言われたくない言葉が浮かんだ瞬間、俺は母に何も言えなくなった。

「もう、母さんとは一緒に暮らせない気がする」

母を乗せたパトカーが見えなくなった後、兄はその方向から目を逸らせないまま、独り言のように呟いた。

兄を励ますこともできず、俺は考え続けた。俺達家族は、どうしてこんな風になってしまったのだろう。俺達は何に負けたのだろう。

そして、母が吐露した言葉を思い出したとき、一つの結論に辿り着いたのだった。

その夜、職場に戻ったものの、ほとんどの社員が退社済みだった。

智佐の姿も見当たらない。改めて礼を言いたいが、会社用のメールアドレスくらいしか連絡先を知らないことに、今更気づく。そして、そんな俺に対して気を遣ってくれていた彼女への想いが、どんどん強くなってゆく。

自席のパソコンで、ゆっくり言葉を選びながら智佐にメールを送った。そしてその後、会社の建物を出ると自然に足が止まった。

智佐の他にもう一人、どうしても今すぐに話したい人物がいる。スマホで電話帳を開き、久しく連絡を取っていないある人物の電話番号を表示させた。

徳田信也《しんや》——俺の父だ。

コール音が何度続いても、父が電話に出る気配はない。切ろうかと思っていると留守番電話サービスに繋がり、俺はとっさに言った。

「父さん、久しぶり」

かつて父親失格だと言ってしまった俺に、そう呼ぶ資格はあるのだろうか。

けれど、もし父がこのメッセージを聞いてくれるなら、伝えておきたいことがあるのだ。

「今日、母さんと少しだけ会って話す機会があったんだ。父さん、母さんはもう、誰のことも恨んでいないよ。俺達家族が離れ離れになったことも、誰のせいでもないと思ってくれている」

母は亜蘭を異動させた理由について、仕事よりもプライベートを優先する今時の若者がどうしても許せなかったと言っていた。

そして、その直後。

『だって、私が彼くらいの年齢のときは――』

母は誰か個人を責めるのではなく、もっと大きな時の流れを嘆いたのだ。母が若かった頃、社会人、特に男性は家庭より仕事を優先するのが当然という時代だった。俺達の父も当たり前のように家庭を顧みず働き、家事育児に疲れ切った母との間に、修復不可能な溝ができてしまった。

けれど今、亜蘭のようにプライベートを重視することが尊重される時代になりつつある。母はそれに耐えられず、彼を編集部から追い出したのだ。

「父さん。俺はとても後悔しているよ。苦しんでいる父さんと母さんに向かって『この家はおかしいよ』って言ったこと。それと、父さんに『父親失格』って言ったこと――」

両親の不仲は幼い俺の心を苦しめたが、それは父や母のせいではなかった。彼らは、あの時代の被害者だったのだ。

けれど、今更それに気づいても、幼い頃に言った言葉を取り消せるわけではない。父や母と再び家族に戻れるわけでもない。

スマホをオフにすると、暗転した画面に自分の顔が映る。小さい頃から父親似の顔だと言われていた。大人になってからは更に、年月とともに父の面影が濃くなっている。目の下のくぼみ方や、髭の生え方。

俺はもう子どもではなく、父や母の愛を求めたところで、一歩も前には進めない。自分の力で立って歩いていくしかないのだ。

スマホから顔を上げると、夜のオフィス街の光景が視界いっぱいに広がる。夜空の星よりも、高層ビルの窓から漏れる光の方がずっと多い。その光一つ一つの中で、今も、誰かと誰かが言葉を交わしているのだ。それが優しい言葉であることを、俺は願った。

そして、光る景色を眺めながら、俺は最後に母と顔を合わせたときのことを思い出していた。

パトカーの扉を閉める直前、母の最も言われたくない言葉はこうだった。

《また家族に戻りたい》

視界に溢れる光が涙で滲んで歪み、混ざり合う。

ずっと昔から抱いてきた俺の願いは、完全に断たれたのだ。にもかかわらず、胸の中は今まで感じたこともないくらい、温かな気持ちで満たされていた。母がその言葉を言われたくない理由が俺にはわかるからだ。

母はこう言っていた。

『私達家族は、離れるべきだった。離れてそれぞれの人生を進むべきなのよ』

母さん、俺は信じている。

俺が過去を振り返らず前に進めるよう、母さんはあえて身を引くことを選んだのだと。

エピローグ

居酒屋『大丈夫』に足を踏み入れた瞬間、店の奥の壁が目に留まった。二枚並べて掛けられていたはずの調理師免許証のうち一枚——店長の息子さんのものが、額縁ごと外されていたからだ。

額縁が掛かっていた部分の壁は、ぽっかりと穴が開いたかのように、そこだけ白さが際立っているようにも見えた。

「息子さん、結局戻ってこなかったんだな」

「ああ……」

兄といつものテーブル席で待ち合わせ、生ビールと枝豆、水茄子の浅漬けを注文した。うだるような暑さが続いている、七月下旬の夜。

四葉出版を巡る事件が一段落して半月が経ち、俺達兄弟は日常を取り戻しつつある。変わったことといえば、兄が一人暮らしを始めたことくらいだ。

「母さんがどれだけ凄いか、身に染みてわかった。働きながら毎日自分で飯を準備して、身の回りを綺麗に保って……俺には無理だ」

「慣れれば何とかなるって。最近は宅食サービスとかも充実してるし」

兄の勤める高校は夏休みに突入したが、毎日のように三年生の夏期講習や進路相談に追われ、相変わらず多忙な日々を送っているという。

「英知やヤマちゃんは、もう大丈夫なのか」

「そうだな、英知は受験勉強も順調そうだし、ヤマちゃんも最近は自分の進路のことを真剣に考え始めているが……」

運動会の一件を機に、兄に本音をぶつけた二人の生徒は、前に向かって着実に進めているらしい。けれど兄の表情が浮かないのは、やはり自分の言葉が彼らを苦しめたという事実を忘れられないからだ。

「彼らと話す度に思うんだ。もう、前みたいな『生徒をよく褒める優しいジン先生』には戻れる気がしないって」

俺も、もう兄に向かってジン兄らしくないとは言わなかった。「それでいいと思うよ」と一言だけ返し、水茄子にがぶりと嚙みつく。前のように戻れないなら、今までと違ったやり方を、ゆっくり考えればいいと思うのだ。

俺も新人の火野と上手くいっているとは言い難かった。今の火野は、俺と二人きりのときでも見下すような発言をしてくることはない。しかし、最初に出会った頃のように人懐っこい笑顔を向けてくることも全くない。

そして父は留守電にメッセージを入れてから、一度も連絡がないままだ。

「ジン兄」

「ん？」

「俺達兄弟は……少しだけ、普通の人達よりも、言葉を使うのが下手なのかもしれない」

口に出す直前まで、言っていいかどうか迷った。そう思っているのは俺だけかもしれないからだ。けれど、ビールのジョッキに口をつけていた兄は、同意を示すようにフッと泡を弾ませて笑った。

「そうだな」

普通の人達みたいに言葉を使えない。それが俺達の育った環境によるものなのか、生まれつきのものなのかはわからない。この先いくら努力したところで、永久に変わらないのかもしれない。

けれど、だからこそ俺は、言葉に対して真摯でありたい。言葉を上手に扱える人達の何倍も。

ときには人を傷つけ、また、傷つけられることもある。相手と修復不可能な仲になることも——。それでも、俺はもう、言葉を手放して生きたいとは思わない。よく考えて、大切に扱っていきたい。

「あ、ビール二人とも空になっちまった？」

「本当だ。そういえば料理も……」

すると、ちょうど良いタイミングで、店長が空いた食器を下げに俺達のテーブルまでやってきた。

「おやおや！　それだけじゃ食い足りんだろう。今日は夏野菜の天ぷらがオススメだよ」

息子さんのことは詮索しない方がいいだろうかと迷う間もなく、カウンターの中から「店長ー」とスタッフの呼ぶ声がした。「ゆっくりしていきなよ」と言い添え、店長は駆け足で厨房の方に戻ってゆく。

店長もきっと、前に進もうとしているのだ。

「いつまでも昔のことを嘆いてちゃいけないな、俺達も」

兄がそう言い、俺もうなずくことで同意を示した。

追加の料理を頼もうと、テーブル上のスタンドからメニューを引き抜く。今は通常メニューとは別に夏季限定メニューも用意されており、店長が言っていた夏野菜の天ぷら以外にも色々とあるようだった。

「どれにする？」

相談しようとした矢先、何故か兄が鞄を片手に立ち上がった。

「何だよジン兄、もう帰るのか？」

「……………」

兄は答えず、何故か通路を挟んですぐ傍のカウンター席の方に目を向けた。視線の先を追い、そこにいる人物を確認した瞬間、思わず「あっ！」と声が漏れた。

智佐だった。

「徳田くん？」

彼女の方も、兄に見つかるまでこちらに気づいていなかったのだろう。振り向きざまに大きく目を見開いた。片手に生ビールのジョッキを持ちながら。

「林部さん、どうしてここに」

「どうしてって……」

智佐はちょっと不満そうに眉根を寄せ、視線を横に逸らす。そういえば、前にこの店で奢ると約束していたのを、すっかり忘れてしまっていた。

もしかして智佐は、ここに来れば俺に会えるかもしれないと思って——？

そうと決まったわけでもないのに、俺も妙にどぎまぎして、彼女の顔を見られなくなってしまう。

隣から兄がニヤッとした視線を送ってくる。

「それじゃ、俺はもう帰るから。頑張れよ、ヨシ」

「だから、あの子とはそういう関係じゃ……」

俺が誤解を解こうとするのも遮り、兄は万札を二枚も押し付けてくる。そして去り際に、俺の耳元で囁いたのだった。

「お前の未来が、見える気がする。お前はこれから——」

「……！」

兄の言葉を聞きながら、胸の中に熱いものが込み上げるのを感じた。

それは、俺が今最も言われたい言葉に違いなかった。兄はやはり、能力を使うまでもなく俺の願いがわかっているのだ。

俺が返事をする前に、兄の姿は入口に掛かった半のれんをくぐり、夜の街に溶けるようにして消えてしまった。

「徳田くん、どうしたの」

入口を向いたまま立ち尽くす俺に、智佐が声をかけてくる。

できる限りいつもと同じ顔を作りながら、俺は彼女の方を振り返った。

「いや、何でもないんだ……。林部さん、良かったら一緒に飲まないか」

智佐がうなずいたのを確認してカウンター席に移動する。実は最近、職場でもゆっくり話をする機会がなかった。夏休みは学生向けの求人が増えるため、多くの取引先とのやり取りでいっぱいいっぱいだったのだ。

「何にする？」

智佐がメニューを見せてくるが、それよりも彼女が食べている丼の方に目が行ってしまった。見たことのない料理だ。白いご飯の上にカットされたフライのようなものが載り、上からとろけるチーズがかけられている。

「林部さんが食べてるそれは？」

「親子チーズカツ丼だけど」

「ええと……何かちょっと、俺が知ってるのと違う気がする」

「今日はもう玉子を食べない日だから、店長に言って抜いてもらったの。これ、お醤油をちょっと垂らすと凄く美味しいわ」

いつだったか言っていた、卵は一日一個までという自分ルールのためだろう。

相変わらず自由な子だと思いつつ、本当に美味しいのか試したい気もする。

「だけど親子丼から玉子を取ったら、もはや親子じゃなくて――」

「『子離れ丼』ってところかしらね」

智佐はいつもの冷静な表情や、淡々とした口調を少しも崩すことなく言った。

ギャグなのか何なのかわからず反応できずにいると、一転、智佐の顔全体がみるみるうちに赤くなっていく。失言だと思わせてしまったようだ。

笑った方がいいのだろうと判断する前に、俺は自然と噴き出していた。

「……っ……ふふっ……」

笑いをこらえきれなくなるなんて、いつ以来のことだろうか。いやそれ以前に、こんな何気ない会話の中に可笑しさを感じたことなんて、今まで――。

まだ笑いの収まらない俺に、智佐はぽかんとした顔で言った。

「徳田くん、変わった」

「え？」

「四葉出版の事件があった後くらいから……表情が、声が、どんどん柔らかくなってるの。だけど私には、あなたが変わった理由がわからない……」

一人で笑っていたのが急に気恥ずかしくなり、慌てて表情を取り繕おうとする。智佐の言ったことは、自分で全く気づいていないことだった。

智佐は俺よりもよく俺のことを見ているのだ。俺が他人に心を閉ざしていた頃から、ずっと。そして今も、俺のことを知ろうとしてくれている。

俺は彼女と向き合えるのだろうか。

「私、徳田くんのこと、何も知らない」

「俺だって林部さんのことを知らない」

ぶっきらぼうな言葉しか返せなかった俺の顔をじっと見て、智佐は言う。

「……じゃあ、聞いてくれるの？」

智佐の瞳が寂しげに揺れた瞬間、兄の言葉をふと思い出した。

俺と智佐の二人を残して店を出た兄。兄は去り際に微笑みながら、俺の耳元でこんなことを囁いたのだ。

『お前の未来が、見える気がする。お前はこれから、たくさんの人と楽しい言葉を交わしていく。そしていつか……誰かと共に家族を作る』

この能力があっても、俺は人と関わって生きていきたい。

そして、温かい家族がほしい。それがずっと昔からの俺の願いだ。兄に言われてようやく、俺は自分の本当の気持ちがわかった。

「徳田くん？」

智佐に呼ばれて我に返った。

目が合ってとっくに三秒以上経っているが、今までずっとそうだったように、智佐の言われたくない言葉は何も浮かんでこない。

まだ耳に残る兄の声に背を押されるようにして、俺は智佐に言った。

「ごめん。少しだけ、昔のことを思い出していたんだ……。林部さん、良かったら聞いてくれないか。俺が林部さんの話を聞いた後で」

智佐は何も言わずに微笑んだ。目に光が宿り、頬に淡く発光するような赤みが差すのを見て、俺はようやく救われた気持ちになった。

智佐の話を聞こう。楽しい言葉をたくさん交わそう。

きっと俺も、彼女から言われたくない言葉は何もないから。

【引用文献】

ウィトゲンシュタイン「断片」（黒田亘／菅豊彦訳『ウィトゲンシュタイン全集　9　確実性の問題・断片』大修館書店）

この作品は書き下ろしです。

双葉文庫

な-52-02

言葉《ことば》は君《きみ》を傷《きず》つけない

2023年11月18日　第1刷発行

【著者】
夏凪空《なつなぎそら》

【発行者】
箕浦克史
【発行所】
株式会社双葉社
〒162-8540 東京都新宿区東五軒町3番28号
［電話］03-5261-4818(営業部)　03-5261-4833(編集部)
www.futabasha.co.jp(双葉社の書籍・コミックが買えます)
【印刷所】
中央精版印刷株式会社
【製本所】
中央精版印刷株式会社

【フォーマット・デザイン】
日下潤一

ISBN978-4-575-52709-4 C0193
Printed in Japan